Bornum und die Bienen

Ursula Beck

Bornum und die Bienen

Bibliografische Information der Deutschen Nationalbibliothek
Die Deutsche Nationalbibliothek verzeichnet diese Publikation in der Deutschen
Nationalbibliografie; detaillierte bibliografische Daten sind im Internet über
http://dnb.dnb.de abrufbar.

© 2016 Ursula Beck
Illustrationen: Ulrike Cedro Delgado
Umschlagbild: Ulrike Cedro Delgado
Satz, Herstellung und Verlag:
BoD – Books on Demand
ISBN 978-3-7392-0709-4

Inhalt

1. Teil

Der Klapperstorch

»Was? Noch so eine Zicke im Haus?!« Mit dieser wenig schmeichelhaften Begrüßung beglückte mich mein damals neunjähriger Bruder, als ich ihn an einem frostigen Oktobertag des Jahres 1938 erneut zum Bruder gemacht hatte.

Zu meinem Glück und guten Gedeihen hat aber die Natur vorgesorgt und Tricks und Möglichkeiten erfunden, derartige Vorurteile und Antipathien abzubauen, ja sogar ins Gegenteil zu verkehren, und zwar mit den stammesältesten Mitteln: dem Geruch.

Lange schon ist bekannt, dass außer den starken, oft als lästig empfundenen Düften wie Fußschweiß oder Mundgeruch noch geheime Botenstoffe existieren, die zwar von unserem Gehirn nicht bewusst registriert werden, aber eine entscheidende Rolle bei den zwischenmenschlichen Beziehungen spielen. Diese Sexualduftstoffe oder Pheromone sind im ganzen Tierreich verbreitet und locken das Kiefernspanner-Männchen genauso in die Falle wie so manchen ahnungslosen Zeitgenossen.

Nun, ich glaube nicht, dass diese subtilen Kräfte bei meinem Bruder am Werke gewesen sind, sondern eher der sinnlich betörende – durchaus wahrnehmbare – Geruch von verdauter Muttermilch, der ihn bei Abwesenheit seiner »neuen Zicke« in das Gitterbettchen klettern ließ, nur »um sie zu riechen«.

Wie auch immer, meine Düfte hatten ihn gewonnen, und das langsam sich entwickelnde Kindchenschema, das die Natur ebenfalls so vorsorglich für die Schutzlosen entwickelt hat, brachte ihn ganz auf meine Seite.

Wenn ich die kleinen Schwarz-Weiß-Fotos meiner ersten Jahre betrachte, sehe ich ein rundliches, kleines Mädchen mit langen blonden Locken, Grübchen in beiden Wangen und einem schüchternen Blick. Jetzt kann ich verstehen, dass Geschwister oder auch Tanten und Onkel versucht waren, dieses kleine knuddelige Etwas auf den Arm zu nehmen und liebevoll mit Küsschen zu bedenken.

Damals – wenigstens soweit ich zurückdenken kann – war mir die viele Küsserei ein Gräuel, besonders wenn noch feuchte Spuren im Gesicht zurückblieben. So sehr ich auch meine großen Geschwister liebte und verehrte, die »Küsserei« führte zu wiederholten Kämpfen, bei denen sich meine Abwehrreaktionen und Körperkräfte zu ungewöhnlicher Stärke entwickelten, sodass es Kusswilligen immer schwerer wurde, an ihr Ziel zu gelangen.

Meine Geschwister fanden jedoch trotzdem einen Weg (der ethisch-moralisch vielleicht nicht ganz einwandfrei war), und ich muss gestehen, dass ich mit der Zeit käuflich wurde.

Gar zu gerne ging ich mit meiner großen Schwester spazieren oder spielte mit meinem Bruder Ball. Beide aber nutzten diese gewisse Abhängigkeit aus, um dafür eine Belohnung zu erhalten. Diese belief sich im Allgemeinen auf drei bis maximal zehn Küsschen auf die Wange, je nach Zeitaufwand.

Wie sehr wünschte ich mir einen Spielgefährten, eine kleine Schwester oder einen kleinen Bruder. Die – hieß es – brachte der Klapperstorch. Obwohl ich gelegentlich einen Storch vorbeifliegen sah und sofort den Zauberspruch »Klapperstorch, du guter, bring mir 'nen kleinen Bruder, Klapperstorch, du bester, bring mir 'ne kleine Schwester!« anbrachte, kam er nie wie auf den Zeichnungen der Bilderbücher mit einem Baby dahergeflogen, das in einer Windel von seinem Schnabel herunterhing. Auch der gute Rat meiner Tante, ein Stückchen Zucker auf die Fensterbank zu legen, um ihn anzulocken, erwies sich als Fehlgriff. Der Zucker – zu der Zeit eine ungeheure Kostbarkeit – war zwar weg, aber ein Baby nicht in Sicht.

Vielleicht, so überlegte ich, war das mit dem Brüderchen oder Schwesterchen nicht der richtige Weg. Besser wäre es vielleicht, wenn ich selbst das Baby bekäme.

Eine Anfrage bei meiner großen Schwester, wie ich den Klapperstorch dafür gewinnen könnte, entmutigte mich vollends. »Dafür bist du noch viel zu klein, der bringt nur großen, erwachsenen Frauen ein Baby!«

Alles wurde wesentlich einfacher, als »Willem« auftauchte. Willem war mein Cousin, ein halbes Jahr älter als ich und immer bereit, mit mir zu spielen, ohne dafür Küsse zu verlangen.

Er zog mit seiner Mutter und seinem Bruder bei uns ins Haus ein, weil die Wohnung der Familie den Bomben zum Opfer gefallen war. Inzwischen wütete nämlich der große Krieg, von dem wir in unserem Städtchen bis dahin nichts abbekommen hatten, bis auf die Engpässe bei Lebensmitteln, Kleidung, Schuhen und allem, was so zum Leben notwendig war.

Mit Willem verstand ich mich prächtig. Wir bauten uns eine Hütte, ein Baumhaus, spielten mit Murmeln und sammelten Eicheln für die Schweine.

Auf die Frage der Erwachsenen, was denn wohl später aus mir werden solle, wenn ich so total das Küssen ablehnte, konnte ich nur kontern: »Das ist doch klar, ich heirate Willem, mit dem mache ich dann einen ›Vortrag‹!«

Das Weihnachtspäckchen

Die weitreichende Planung, Willem einmal zu heiraten, wurde sehr bald infrage gestellt, denn Willem bewährte sich nicht in der Art, wie ich mir einen Ehemann vorgestellt hatte. Dieser sollte ein verlässlicher Freund sein, er sollte Wert darauf legen, dass es mir gut ging, genauso wie ich es für ihn tun würde. Das sah nach dem Erlebnis mit dem Weihnachtspäckchen ganz anders aus:

Im letzten Kriegswinter wurde dazu aufgerufen, Weihnachtspäckchen an die Soldaten zu schicken. Die Idee, den armen Soldaten eine Freude zu machen, begeisterte schnell alle. Meine Großmutter strickte warme Socken mit dem Garn, das sie von einem alten Pullover geribbelt hatte, meine Mutter zweigte ein Stückchen Schinkenspeck aus eigener Schlachtung ab, und Willem und ich waren behilflich beim Plätzchenbacken in der Küche.

Es war ein schönes Päckchen, das wir so zusammengestellt hatten, nur fanden Willem und ich, es müsste noch etwas weihnachtlicher aussehen – vielleicht mit ein paar Tannenzweigen?

Im Garten gab es genug Tannengrün. So setzten wir den Gedanken schnell in die Tat um und pflückten ein paar sehr schöne, duftende Zweige.

Schicksalhaft dabei war nur, dass wir ausgerechnet die Kronen der von meinem Vater so sorgfältig gepflegten Schwarzwaldtännchen (die er selbst aus dem Schwarzwald mitgebracht hatte) abbrachen.

Die Tat wurde bald entdeckt, und mein sonst so besonnener, ruhiger Vater war außer sich. Dieser »Frevel« konnte nur mit einer Tracht Prügel auf das Hinterteil gesühnt werden, und zwar mit einer Gerte – einem sogenannten Wasserschössling eines Apfelbaumes –, die elastisch war wie eine Peitsche.

Ich hatte bis dahin nie mit dieser Art der Bestrafung Bekanntschaft gemacht (im Gegensatz zu meinem Bruder, der bereits mithilfe von

Zeitungspolstern in der Hose Schmerz mildernde Maßnahmen ersonnen hatte).

Ich war wütend, weil wir ja nicht aus Bosheit, sondern mit bester Absicht, nur aus Dummheit gehandelt hatten. Aber auch Dummheit musste eben bestraft werden.

Inzwischen, da ich selbst in meinem Garten Pflanzen herangezogen und mühsam gepflegt habe, kann ich den Zorn meines Vaters weitgehend verstehen, wenngleich ich meine, er hätte über unsere Motivation nachdenken können.

Wie dem auch sei, Willem und ich bezogen beide ein paar Hiebe mit der Gerte, und damit war die Sache ausgestanden. Ich glaube nicht, dass ich einen bleibenden seelischen Schaden davongetragen habe.

Ein anderer Schaden war umso gravierender, denn leider war die Angelegenheit doch noch nicht ganz ausgestanden. Jetzt kam Willems unritterliches Betragen ins Spiel. Er beklagte sich nämlich, dass er einen Gertenhieb mehr erhalten habe als ich, und das sei ungerecht!

Gerechtigkeit gehörte ganz wesentlich mit zu dem Strauß preußischer Tugenden wie: Ehrlichkeit, Rücksichtnahme, Höflichkeit, Sparsamkeit, Genügsamkeit, Ordnung, Gehorsam, die den Erziehungsstil der damaligen Zeit prägten.

Den Vorwurf, ungerecht gehandelt zu haben, konnte deshalb mein Vater nicht auf sich beruhen lassen.

Ich musste also noch einmal antreten und bekam trotz der Bitten und Klagen meiner mitfühlenden Mutter noch einen Hieb nachgereicht.

Schlimmer als das anschließende Brennen des Striemens auf der Haut empfand ich das Brennen in meiner Brust, das mir die Enttäuschung über das kleinmütige Verhalten meines zukünftigen Ehemannes verursacht hatte. Ich beschloss, ihn aus meinen Heiratsplänen zu streichen.

Elisabeth

In der heutigen Zeit, in der mich meine Enkel bereits über den G-Punkt aufklären oder selten ein Liebesfilm ohne deutliche Darstellung des Liebesaktes gezeigt wird, kann man sich kaum vorstellen, wie schwierig es für ein fünfjähriges Mädchen in den Vierzigerjahren war, an gezielte Informationen zu kommen.

Schon die Benennung der Geschlechtsorgane geschah – wenn überhaupt – in verniedlichender Form. So war etwa das weibliche »das Pümmi«, das männliche »der Pieper«. Immerhin wusste man, dass es Unterschiede zwischen Männern und Frauen gab, wie die aber aussahen, war lange ein Geheimnis. Sehr schamhaft wurde die entscheidende Gegend immer bedeckt.

Auch wenn ich mit meinem Vater zusammen in der großen Badewanne baden durfte – was ein unsägliches Vergnügen war, denn das warme Wasser reichte dann bis zum Hals, während beim alleinigen wöchentlichen Bad am Samstag nicht einmal der Bauchnabel im Liegen bedeckt war – selbst dann waren die interessanten Teile immer unter einem Waschlappen verborgen.

Genauso bedeckt zeigten sich die Gespräche bei Tisch. Jedes Mal, wenn in irgendeiner Weise ein Thema berührt wurde, das die Erwachsenen mit vielsagendem Lächeln erwähnten, wie etwa eine Liebschaft oder Ähnliches, kam sofort von meiner Mutter das von mir gehasste Wort »Bornum« und man sprach nur noch über das Wetter oder die Lebensmittelknappheit.

Entscheidende Fortschritte in meinem Wissensdrang erzielte ich erst, als Elisabeth zu uns kam.

Elisabeth war ein Flüchtling aus Schlesien, etwa 25 Jahre alt, hatte lange schwarze Haare und auch sehr dunkle Augen und tat mir unendlich leid, nicht etwa weil sie als »Hausmädchen« bei uns praktisch von morgens bis abends arbeitete, sondern weil sie auch am Sonntag in aller Herrgottsfrühe aufstehen und zur Kirche gehen musste. Elisabeth war nämlich katholisch, und der Kirchgang um sechs Uhr morgens am Sonntag war Pflicht.

Elisabeth war, schon ehe sie zu uns kam, verheiratet mit einem Herrn Kusack, aber ihr Ehemann hatte sich aus dem Staube gemacht (erzählte mir meine große Schwester).

Scheiden lassen durfte sich Elisabeth nicht, weil das nach den Vorstellungen der katholischen Kirche eine Todsünde darstellte, die man im Fegefeuer zu sühnen hatte.

Bei Elisabeths Schilderungen des Fegefeuers, das mich sehr interessierte, kam ich zu der Überzeugung, dass ich mich niemals scheiden lassen wollte – wie gut, dass ich mich bei Willem noch nicht festgelegt hatte!

Nun, Elisabeth war jung, fröhlich und hübsch, und das gefiel auch Bodo.

Bodo war bei uns im Haus in einem Labor von meinem Vater als Zahntechniker angestellt. Ich mochte ihn, weil er immer zu Späßen aufgelegt war und mir manchmal sogar ein Bonbon schenkte – zu der Zeit der höchstmögliche Luxus.

Auch Bodo war jung, fröhlich und hübsch. Oft sah ich die beiden miteinander plaudern und lachen. Einmal entdeckte ich sie sogar im Garten hinter einer hohen Hecke, wie sie sich zärtliche Küsse gaben, die so ganz anders aussahen als die bei mir von meinen Geschwistern erkauften, und ich vermutete, dass es vielleicht doch noch Geheimnisse um die »Küsserei« gab, von denen ich nichts wusste.

Diese Vertraulichkeit der beiden sollte mich in der Erforschung der großen Geheimnisse einen riesigen Schritt vorwärtsbringen.

Etwa ein knappes Jahr, nachdem Elisabeth zu uns gekommen war, gab es eine enorme Aufregung. Nur mit Mühe waren bei Tisch die Andeutungen auf Elisabeths »Zustand« mit mehreren »Bornum« in Schach zu halten.

Es war meine große Schwester, die mich nach endlos quengelnder Fragerei in das Geheimnis einweihte: Elisabeth bekam ein Baby!

Oh, was war ich neidisch! Ich hatte mir doch so sehr ein Baby gewünscht und alles Handeln mit dem Klapperstorch – selbst das geopferte Zuckerstückchen – hatte nichts gebracht!!

Nun, bald sah ich, dass es wohl besser so gewesen war, denn meine Schwester erklärte mir auch noch etwas Ungeheuerliches: nämlich dass der Klapperstorch nicht so eine entscheidende Rolle spielt, dass ein Baby im Bauch der Mutter heranwächst und dass dafür auch ein Vater notwendig ist (in welcher Weise, ließ sie allerdings offen). In einem dicken Buch zeigte sie mir ein Bild einer Frau mit einem sehr großen Bauch, den konnte man aufklappen und darin ein zusammengekrümmtes Baby entdecken.

So sah es jetzt also in Elisabeths Bauch aus! Irgendwie war ich jetzt doch sehr froh, dass die Sache mit dem Baby bei mir nicht geklappt hatte.

So dankbar ich meiner Schwester auch für die anschaulichen Bilder war, so unbefriedigend war es, dass noch immer entscheidende Fragen offenblieben: Wie kam das Baby da heraus?

Und noch viel wichtiger: Wie kam es da hinein? Den Klapperstorch konnte ich wohl wirklich dabei vergessen.

Eine entsprechende Anfrage bei meiner Mutter führte nur zu der verlegenen Äußerung, dass mein Vater mir das erklären würde. Wahrscheinlich hat sie ihm gesagt. »Andreas, es wird, glaube ich, Zeit, du musst das Kind aufklären!«

Mein Vater löste das Problem auf die damals gängige Art, indem er mit mir in den Garten hinausging. Es war Frühling, und die Kirschbäume standen in voller Blüte.

Oft schon war ich mit ihm in Wald und Feld spazieren gegangen, und jedes Mal hatte er mir etwas Interessantes gezeigt oder mir die Namen von Bäumen und Blumen beigebracht. Diesmal machte er mit mir bei den Kirschbäumen halt und zeigte mir den Aufbau der Kirschblüte.

»Sieh mal, das ist der Stempel, das ist der weibliche Teil der Blüte. Ringsherum sind die Staubgefäße, das ist der männliche Teil, und diese vielen summenden Bienen, die holen sich ihre Nahrung aus der Blüte und übertragen damit den männlichen Staub auf den weiblichen Stempel. Daraus wächst dann die Frucht – die leckere Kirsche. Ja, siehst du, und bei den Menschen ist das genauso.« Damit verließ er mich.

Ich blieb etwas ratlos zurück. Natürlich, ich wusste ja inzwischen, männlich (Vater) und weiblich(Mutter) war nötig, dass ein Baby entsteht, aber was war der männliche Staub? Und wer oder was waren die Bienen?

Währenddessen wuchs Elisabeths Bauch zu einer runden Kugel heran. Hartnäckig weigerte sie sich zu sagen, wer der Vater des Babys war, beziehungsweise wer den männlichen Staub geliefert hatte – wie ich ja jetzt wusste.

Natürlich fiel der Verdacht sofort auf Bodo. Mein Vater unterzog ihn einem strengen Verhör, bei dem Bodo alles weit von sich wies. Zufällig hörte ich, wie er hoch und heilig schwor, seine Hände sollten ihm abfallen, wenn er etwas damit zu tun hätte.

Das war eine sehr gefährliche Äußerung, denn er war ein sehr geschickter Zahntechniker und ohne Hände hätte er niemals den kunstvollen Zahnersatz erschaffen können. Wollte er durch diese Lüge tatsächlich seinen Beruf riskieren? Denn dass er log, war mir eindeutig klar, schließlich hatte ich ja selbst die Küsserei der beiden beobachtet!

Aufmerksam achtete ich in den nächsten Wochen darauf, ob sich an Bodos Händen etwas veränderte, aber er war weiterhin geschickt wie bisher.

Als Elisabeths Baby geboren war, stand es aber auch offiziell fest, dass er der Vater war.

Mein Glaube an heilige Schwüre war hoffnungslos erschüttert, als auch in den folgenden Wochen keine Hände abfielen, noch nicht einmal im darauf folgenden Jahr, als Elisabeth das zweite Baby von ihm bekam.

Mit den Bienen war ich dabei nicht viel weiter gekommen. Auch meine Großmutter konnte mit ihrer bedeutungsvollen Äußerung »Das ist die Liebe …« nicht wesentlich zur Klärung beitragen.

Was verstanden die Erwachsenen nur Merkwürdiges darunter? Meine Tante Anne, die sich grundsätzlich nur hinsetzte, wenn sie ihren Rock bis über beide Knie hochgezogen hatte, sprach sogar einmal von »Liebestötern«, als dabei eine braune wollene Unterhose sichtbar wurde. Konnte eine Unterhose die Liebe töten?

Ich liebte meine Mutter sehr und ich hasste Kleidungsstücke, die man im Winter tragen musste. Dazu gehörte ein sogenanntes Leibchen, das man wie eine Weste anzog. An diesem Leibchen waren Gummistrumpfbänder mit Knöpfen befestigt, und von diesen Strumpfbändern wurden wiederum lange wollene Strümpfe gehalten. Die ganze Apparatur hätte die besten Chancen gehabt, von mir als Liebestöter bezeichnet zu werden (obwohl ich später erfahren musste, dass diese Konstruktion geradezu ein Liebesstimulans für bestimmte Menschen darstellt), aber niemals wäre ich deshalb auf die Idee gekommen, die Liebe zu meiner Mutter zu töten!

Die Erwachsenen hatten manchmal wirklich merkwürdige Vorstellungen!

Ebenfalls sehr merkwürdig erschien mir auch eine Entdeckung, die ich dank meiner Fortschritte im Buchstabieren machte, und zwar an unserem Kachelofen im Esszimmer.

Da stand doch tatsächlich B-O-R-N-U-M! Bornum, das verhasste Wort, das jedes so interessante Gespräch schlagartig beendete. Länger war mir schon klar geworden, das es immer angewendet wurde, wenn von dem »großen Geheimnis« die Rede war, aber was hatte der Kachelofen damit zu tun?

Der schwarze Mann

Die Klärung der Frage blieb vorerst noch offen, denn es gab große umwälzende Ereignisse für alle: Der Krieg war zu Ende!

An einem schönen sonnigen Frühlingstag läuteten plötzlich die Glocken, sowohl der evangelischen wie auch der katholischen Kirche. Man hörte ungewohnte Geräusche, als rollten schwere Lastwagen in der Ferne vorüber, und alle Leute waren sehr aufgeregt, manche weinten sogar, und meine Großmutter dankte immer wieder laut singend dem Herrn für das Ende aller Schrecken. Meine Großmutter war sehr fromm. Sie las fast jeden Tag in der Bibel und sang auch in der Nacht Kirchenlieder, wenn sie wegen ihrer häufigen Wadenkrämpfe nicht schlafen konnte. Wurden die Krämpfe zu schmerzhaft, stampfte sie kräftig mit den Füßen auf den Boden, dass man es im ganzen Haus hören konnte. Meistens wechselten sich die Kirchenlieder mit dem Gestampfe ab.

Während des Krieges hatte sie viel für die Soldaten und den Sieg gebetet und die Gegner verflucht, sie als »Hunde« bezeichnet.

Als ich älter war, fragte ich mich, ob das wirklich eine fromme Einstellung war und ob nicht auch die »Hunde« für den Sieg gebetet hatten, und wie der von allen Angebetete wohl das Problem gelöst hatte. Bei den griechischen Göttern war das einfacher gewesen, da gab es eine ganze Anzahl, und die hatte sich zum Beispiel im Krieg um Troja unterschiedlich hinter die Gegner gestellt.

Nun fuhren also die »Hunde« in offenen Jeeps unsere Straße entlang, feuerten Freudenschüsse in die Luft und hielten vor unserem Haus.

Man erklärte uns, dass wir innerhalb von 20 Minuten das Haus zu verlassen hätten. Man wollte dort eine Kommandozentrale einrichten. Wir dürften einige persönliche Dinge mitnehmen.

Was packt man bei all der Aufregung ein? Für mich stand fest, ich würde meine geliebte Puppe Bärbel mitnehmen und sie in dem großen altmodischen Puppenwagen schieben.

Die Idee mit dem Puppenwagen fand meine Großmutter nützlich, denn sie war nicht nur sehr fromm, sie war auch sehr praktisch und immer auf unser leibliches Wohl bedacht. Sie holte in Windeseile zwei Schmalztöpfe, einen halben Schinken und etliche Mettwürste aus dem Keller (alles von unserer letzten Schlachtung) und verstaute sie in dem geräumigen Kasten meines altmodischen Puppenwagens. Obendrauf durfte ich dann meine Bärbel legen und alles sorgfältig mit einer Puppendecke zudecken.

So marschierte ich denn in der kleinen Karawane von sieben Erwachsenen und drei Kindern mit meinem wertvollen Schatz in Richtung auf das Haus des Bürgermeisters zu, der ein Freund meines Vaters war und uns auf dem Oberboden seines Hauses Unterkunft gewähren wollte.

Ehe wir jedoch dort eintrafen, mussten wir ein Spalier von »Hunden« passieren.

Ich fand, dass diese eigentlich ganz freundlich aussahen, einige lächelten mich sogar an oder winkten mit der Hand. Dann aber stockte mir der Atem: ein schwarzer Mann!!!

Das Gesicht, Arme und Hände waren dunkelbraun, fast schwarz, nur das Weiße der Augen leuchtete kräftig, ebenso wie seine strahlend weißen Zähne, als er bei meinem Anblick ein Lächeln hervorzauberte.

Früher hatten wir manchmal »Wer fürchtet sich vorm schwarzen Mann?« gespielt. Diese Frage musste eine Gruppe von Kindern einer anderen zurufen. Man musste dann antworten: »Niemand!«

Wenn die andere Gruppe dann konterte: »Und wenn er aber kommt?«, war die Antwort: »Dann laufen wir!« Anschließend durfte man sich beim Laufen nicht fangen lassen.

Jetzt konnte überhaupt nicht die Rede von »Laufen« sein, obwohl der Schreck mich im ersten Augenblick dazu verleiten wollte. Ich hatte schließlich den Puppenwagen zu schieben, die Nahrungsquelle für die nächste Zeit für so viele Leute, und sollte ich meine Bärbel im Stich lassen?!

Tapfer, den Blick starr nach vorn gerichtet, schob ich meinen Puppenwagen mit klopfendem Herzen an dem gefährlichen Objekt vorbei und war stolz, dass ich damit geholfen hatte, das Überleben für die nächste Zeit zu sichern.

Der schwarze Mann

Verehrung

Als wir wieder in unser Haus zurückdurften, normalisierte sich das Leben ganz langsam und ein großes Ereignis nahte: Ich kam in die Schule! Damit bestand die Möglichkeit, nähere Informationen über »Bornum« und die noch immer ungeklärten Fragen zu erhalten.

Fräulein Zeck, meine freundliche, rundliche Klassenlehrerin, hatte in ihrem Lehrplan von Religion über Rechnen und Rechtschreibung bis Heimatkunde alles, nur die großen Geheimnisse einschließlich der Bedeutung von Bienen und Kachelöfen waren nicht vorgesehen.

Dafür machte sie mit uns Rechenspiele, bei denen ich durch Schnelligkeit glänzen konnte und unheimlich stolz war: Die ganze Klasse musste aufstehen, dann gab sie eine Einmaleins-Aufgabe, und wer zuerst die richtige Antwort gab, durfte sich hinsetzen.

Ganz selten saß ich einmal später als an zweiter Stelle, bis – ja, bis Michael zu uns in die Klasse kam. Er war einfach unglaublich schnell, sodass ich gnadenlos entthront wurde.

Auch in den übrigen Fächern war er kaum zu schlagen. Ärgerlich war nur, dass er dabei auch ganz nett war und hübsche blaue Augen hatte. Noch ärgerlicher war, dass er diese Augen ganz selten auf mich richtete und mich auf dem Pausenhof lässig übersah.

Dagegen drückte sich Klaus, der immer einer der Letzten bei den Rechenspielen war, meistens in meiner Nähe herum, was mir nun wieder überhaupt nicht gefiel, sodass *ich* Klaus lässig übersah.

Aber Klaus war hartnäckig und zeigte mir schon sehr früh, zu welchen Taten die Verehrung des anderen Geschlechts führen kann.

Dies geschah im Sommer in unserer »Badeanstalt«. Bei diesem Begriff denke nun bitte niemand an gekachelte Freibäder, Duschen, Umkleidekabinen und alles, was die heutigen Spaßbäder so attraktiv macht.

Nein, es war eine urtümliche Flussbadeanstalt mit ein paar auf Pfählen gebauten Holzverschlägen als Umkleidemöglichkeit (und etlichen

Astlöchern in den Wänden, durch die man immer freche Jungenaugen luchsen sah), einer Brücke über den Fluss, von der aus »Opa Darmann« seine Schwimmschüler an einer Leine immer kurz vorm Ertrinken ins Leben zurückholte, und zwei quer über den Fluss gebauten Startbrettern, die bei Schwimmwettkämpfen als Start und Ziel benutzt wurden.

Das moorig braune Wasser galt als gesundheitlich unbedenklich, obwohl einige kleine und größere Schweinigel gelegentlich ein Wettpinkeln von den Startbrettern veranstalteten.

Wettpinkeln

Bei diesem »Spaß« konnte ich dann zum ersten Mal einen scheuen Blick auf diverse Ausführungen des »Piepers« werfen und war nicht gerade von der Schönheit dieses Organs überwältigt. Hätte man mir damals gesagt, ein berühmter Mann habe erklärt, die Frauen seien neidisch dass sie dieses männliche Teil nicht besäßen, ich hätte ihn ausgelacht. Auch heute noch geht mein »Penisneid« eher gegen null.

Auf einem dieser Startbretter erlebte ich dann sehr schmerzlich die ungeliebte Verehrung von Klaus. Natürlich war das Ganze von ihm nicht so beabsichtigt.

24

Wie immer wollte er meine Aufmerksamkeit auf sich ziehen, als ich mich dort in der Sonne ausruhte, indem er kleine Steinchen über das Wasser hüpfen ließ. Das konnte er ziemlich gut.

Dumm war dabei nur, dass ein Steinchen etwas zu hoch geflogen kam und mich mit Wucht an der Stirn traf.

Schreck und Schmerz ließen mich nach meinem großen Bruder schreien, während das Blut über mein Gesicht lief. Als dieser wutentbrannt nach dem Schuldigen suchte und ihm mit den schlimmsten Strafen drohte, hatte Klaus längst das Weite gesucht. Er war wohl selbst von dem Unfall so erschreckt und hatte so ein schlechtes Gewissen, dass er in der darauf folgenden Zeit meine Nähe auffallend mied.

Noch heute kann ich die kleine Narbe an meiner Stirn finden, die mir die verschmähte Zuneigung eingebracht hatte.

Onkel Kitti

Onkel Kitti war der Bruder meiner Mutter und lebte in der riesigen Stadt Berlin. Schon diese Tatsache umgab ihn mit einer Aureole, denn was musste es nicht alles dort zu sehen geben! Und das direkt vom Fenster aus! Onkel Kitti erzählte mir nämlich, dass viele Leute – ob er auch, hat er nicht berichtet – ein Kissen auf die Fensterbank legen, sich darauf stützen und stundenlang hinausschauen, weil es immer etwas zu sehen gibt.

Wie ärmlich musste ihm das vorkommen, was er aus unserem Fenster sehen konnte: Bäume, Wiesen, Spatzen, Tauben, ganz selten einmal einen Storch oder eine Nachbarin mit Hund!

Wenn er großes Glück hätte, käme Fritzchen Grüne vorbei – eine Gestalt, die mich etwas beunruhigte. Es hieß, Fritzchen Grüne sei im Krieg verschüttet gewesen und sei deshalb verwirrt und nicht zurechnungsfähig. Auch im kältesten Winter ging er barfuß, und mit seinen langen, zotteligen weißen Haaren und seiner zerlumpten Kleidung wirkte er sehr unheimlich, vor allem weil er unentwegt unverständliches Zeug vor sich hin brabbelte.

Aber Fritzchen Grüne war harmlos, immer guter Laune und geriet jedes Mal in Verzückung, wenn er ein junges Mädchen sah. Natürlich nahmen die Angebeteten immer schnell Reißaus, aber Fritzchen Grüne ließ sich nicht entmutigen und legte ihnen Blumen vor die Haustür und sein Herz mit nächtlichen Ständchen zu Füßen, denn singen konnte er wirklich schön.

So eine altmodische Verehrung hätte mir vielleicht auch gefallen – mehr jedenfalls als eine Platzwunde an der Stirn –, aber natürlich nicht durch Fritzchen Grüne!

Beim Abwägen aller infrage kommenden Anwärter tauchte immer wieder das hübsche Gesicht von Michael auf. Nein, das durfte auf keinen Fall sein! Er war schließlich mein Rivale, also fast ein Feind, den man besiegen musste, und außerdem war er, wenn auch schlau und schnell, ausgesprochen DOOF!

Fritzchen Grünes umtriebiges Liebesleben war aber offensichtlich gar nichts gegen das, was Onkel Kitti vollbracht hatte.

Unser Wohnzimmer mit angrenzendem Esszimmer war nicht gerade klein, dennoch brüstete sich Onkel Kitti einmal: »Hier in diese beiden Zimmer passen sie nicht hinein, alle die Frauen, die ich gehabt habe!«

Was hatte das denn nun wieder zu bedeuten? Wie konnte man so viele Frauen »haben«?!

Dank meiner Rechenkünste kam ich bei der Größe der Räume grob gerechnet auf 80 bis 100 Frauen, wenigstens wenn sie noch genug Platz zum Atmen haben sollten.

Durfte man sich etwa in Berlin einen Harem halten, wie ich es in den orientalischen Märchen gelesen hatte? Und wie konnte Onkel Kitti das alles bezahlen? Er war schließlich bei der Post angestellt und kein steinreicher Wesir.

Wie üblich wurde jedoch wieder jede weitere Diskussion über das Thema mit »Bornum!« abgeblockt und ich meinen Fantasien überlassen.

Eines allerdings musste man Onkel Kitti zugestehen. Er hatte etwas, das nicht nur ich bestrickend fand: Er liebte Süßigkeiten. Des Öfteren ging er mit mir zu dem herrlichen Laden, der von der freundlichen, drallen »Madame« geleitet wurde. Schon wenn er in die Tür trat, bekam ihr Gesicht einen zarten rötlichen Schimmer. Wenn er sie dann noch mit »Madame« anredete, wirkte sie etwas verlegen, doch ihre Augen verrieten, dass ihr das sehr gefiel.

Mir gefielen natürlich die Schokoladentäfelchen, die sie liebevoll in Seidenpapier wickelte und dabei Onkel Kitti anlächelte, als habe sie fortwährend eines auf der Zunge.

Es wurde mir ziemlich schnell klar, dass Onkel Kitti die Madame »hatte«, und ich überlegte, ob sie wohl noch zusätzlich in unser Wohnzimmer hineinpassen würde.

Bienen

Genauso spärlich, wie das Angebot an Unterhaltung beim Blick aus dem Fenster ausfiel, so knapp waren auch die öffentlichen Vergnügen bemessen.

Das Fernsehen steckte nicht einmal in den Kinderschuhen, war höchstens im Krabbelalter. Von Computern hatte man noch nie etwas gehört, nur das wöchentliche Hörspiel im Radio brachte ein wenig Abwechslung. Umso aufregender war es deshalb, wenn man einmal ins Kino gehen durfte und der Film auch für Kinder unter zwölf Jahren erlaubt war.

Kurz vor den Sommerferien nahte dieser Glücksfall. Tagelang fieberte ich diesem Ereignis entgegen und hoffte darauf, einen guten Platz zu bekommen. Der Andrang war aber wie immer so groß, dass ich nur einen Sitz ziemlich weit vorn und außen rechts bekam, von dem man leider ein etwas verzerrtes Bild erhielt. Aber egal, ich war im Kino und selig, dass ein Filmabenteuer auf mich zukam.

Der Saal brodelte mit Geschrei, Lachen und Geschwätz der vielen Kinder. Wenige Plätze waren nicht belegt, so auch der letzte der Reihe rechts neben mir.

Kurz bevor das Licht dunkler wurde und ein allgemeines gespanntes Aufseufzen ertönte, setzte sich doch noch jemand neben mich. Ich war fast starr vor Überraschung: Es war Michael! Außer einem verlegenen »Na?!« brachten wir beide nichts heraus und der Beginn des Films erlöste uns aus der schwierigen, unbeabsichtigten Lage.

Wovon der Film handelte, kann ich nicht mehr sagen, nur dass er unendlich traurig gewesen sein muss, denn ich war gegen Schluss völlig in Tränen aufgelöst, was mir natürlich in Michaels Nähe besonders peinlich war.

Gerade als ich vorsichtig nach meinem Taschentuch in der rechten Jackentasche tasten wollte, berührte ich aus Versehen Michaels Hand auf der gemeinsamen Armlehne und wollte meine Hand schnell zurückziehen. Als hätte Michael nur auf diesen Vorwand gewartet, sich meiner Hand zu nähern, schlossen sich seine Finger erst etwas zögerlich, dann fest und bestimmt um meine.

Wer schon einmal von einem elektrischen Schlag voll erwischt wurde, kann nachempfinden, welcher Schreck mir in die Glieder fuhr. Ein Schreck, der mir kurz den Atem nahm, den Pulsschlag verdreifachte und sämtliche Muskeln lähmte, so wie man es manchmal in Träumen erlebt, wenn man nicht mehr weglaufen kann.

Bienen

Aber das Seltsame war, ich wollte gar nicht weglaufen! Ich wollte, dass er noch lange meine Hand so halten sollte, denn ich spürte dabei ein Kribbeln, das sich von der Hand über den ganzen Körper ausbreitete, eine Wärme und Aufregung, die meinen Kopf glühen und meine Ohren summen ließ. Summen?? ... Natürlich! Jetzt wusste ich es: Das mussten die BIENEN sein!! Das musste das Glücksgefühl sein, das meine Großmutter mit »Liebe« bezeichnet hatte!

So saß ich in dem abgedunkelten Kinosaal regungslos und glücklich, während mir die Tränen noch an den Wimpern hingen und gleichzeitig ihren Weg durch den dafür vorgesehenen kleinen Abfluss in die Nase suchten. Das wurde ein Problem.

Ich musste erfahren, wie sehr Banalitäten das Schicksal beeinflussen können. Glück hin oder her: Ich musste mir dringend die Nase putzen. Dafür brauchte ich meine rechte Hand, denn das Taschentuch war ja in der rechten Jackentasche.

Vorsichtig befreite ich die Glücksbringerin, was Michael offensichtlich falsch deutete.

So sehr ich mich auch danach sehnte, er wagte keinen neuen Versuch, und ich, als Mädchen, natürlich erst recht nicht. Als das Licht anging, war der Platz neben mir leer.

Dann begannen die Sommerferien, und Michael zog mit seinen Eltern weit weg in eine andere Stadt.

Etwa ein halbes Jahrhundert später traf ich Michael bei einem Klassentreffen wieder. Wir lachten gemeinsam über unsere einstige Rivalität, und Michael konnte sich auch noch genau an den bestimmten Kinobesuch erinnern, bei dem das Schicksal uns vorübergehend so nahe gebracht hatte. »Schicksal?«, lachte Michael auf meine dahingehende Äußerung. »Das glaubst du doch allein nicht! Das waren drei Päckchen Kaugummi, die ich für den Platztausch zahlen musste!«

Seine immer noch hübschen Augen strahlten dabei amüsiert, und ich war nicht ganz sicher, ob die zwei, drei summenden Bienen, die ich um uns spürte, nur ein Relikt der Vergangenheit waren.

Heidi

Die so sehnsüchtig erwarteten Sommerferien konnten mich nicht über den Schicksalsschlag hinwegtrösten. Ich hatte mein Glück verspielt, verheult, weggeschnaubt!!

Mein Kummer war so groß und deutlich, dass mein Vater sich Gedanken machte.

Pragmatisch und praktisch wie er war, meinte er, regelmäßige körperliche Arbeit würde sicher helfen, und schlug vor, ich solle mir Geld mit Holzhacken verdienen, zehn Pfennig pro Stunde würde er springen lassen. Ich würde doch schon lange auf ein Fahrrad sparen, das wäre dann schneller erreichbar. Die Aussicht auf ein Fahrrad riss mich wenigstens teilweise aus dem tiefen schwarzen Loch meines Versagens.

Jetzt musste ich nur noch meine neue Freundin Heidi dafür gewinnen, denn zu zweit wäre das bestimmt netter.

Heidi war ein knappes Jahr jünger als ich und wohnte schräg gegenüber.

Nachdem Willem mit seiner Familie ans andere Ende der Stadt gezogen war, hatten wir uns angefreundet und schon so manchen gemeinsamen Kampf bestanden.

Zwischen Heidis Schneidezähnen war eine kleine Lücke, wodurch sie ein verwegenes Aussehen erhielt, was aber auch ihrem Temperament entsprach. Heidi war nämlich ungeheuer mutig. Bei unseren Indianerspielen nahm sie es sogar mit den Jungen unserer Straße auf und zog bei den Kämpfen ganz selten den Kürzeren. Sie hatte überhaupt keine Angst beim Bäumeklettern, auch nicht beim Turnen an der Teppichstange oder »Mutspringen« vom Hühnerstall.

Ihre Knie waren häufig von einer Schorfkruste bedeckt, die meistens aufgefrischt wurde, wenn gerade die letzten Schorfkrümel abgepult waren. Auch Heidi sparte auf ein Fahrrad, und der Wunsch, dem Ziel auf diese Weise näher zu kommen, ließ sie sofort zustimmen.

Wir rechneten aus, dass wir kein Jahr brauchen würden, um die 30 DM für ein gebrauchtes Fahrrad zusammenzuhacken.

Ein Jahr Arbeit war auf jeden Fall garantiert, denn eine ganze Wiese war bedeckt mit den Resten einer ca. 40 Meter langen, etwa 30 Jahre alten Hainbuchenhecke, die dem Ausbau unserer Straße hatte weichen müssen. Die kleineren Äste und Zweige mussten in etwa 30 Zentimeter lange Stücke gehackt und diese dann zu Bündeln zusammengefasst werden, sodass sie als Anmachholz für den Waschkessel oder auch »Bornum« dienen konnten.

Wenn ich jetzt daran denke, dass wir uns als Neunjährige an diese Mammutaufgabe gemacht und unbeirrt jeden Tag unser Pensum erledigt haben, muss ich über unseren Mut und unsere Ausdauer staunen.

Erschwerend kam hinzu, dass die Arbeit nicht jeden Nachmittag verrichtet werden konnte, weil Heidi zu einer Massage gehen musste. Irgendetwas sollte an ihren Füßen behandelt werden. Das fanden wir beide sehr ärgerlich, denn unser Wunschziel wurde dadurch in noch weitere Ferne verschoben.

Der Masseur hieß »Herr Teufel«, und nach Heidis Beschreibung guckte er auch so. Außerdem war er wabbelig dick, und sie fand es eklig, dass er immer seinen Hosenstall offen hatte.

Eines Nachmittags kam sie völlig aufgebracht zu unserer Verabredung. »Nie, nie wieder gehe ich zu diesem Scheusal! Die Augen sollte ich fest zumachen, und dann wollte er Doktorspiele machen! Er wollte gerade seinen Pillermann herausholen, da habe ich so einen Schreck gekriegt, dass ich ihn wütend mit meinem Ellenbogen in den Bauch geboxt habe – vielleicht auch ein bisschen tiefer. Auf jeden Fall hat er aufgestöhnt und ich bin, so schnell ich konnte, aus dem Zimmer und nach Hause gerannt, sogar meine Schuhe habe ich liegen lassen. Erst hatte ich Angst, Mutti würde wegen den Schuhen schimpfen, als ich ihr aber alles erzählt hatte, war sie nur auf den Teufel wahnsinnig wütend und ist mit mir zur Polizei gegangen. Dort musste ich noch mal alles erzählen. Aber wenigstens muss ich jetzt nicht mehr zu dem fiesen Kerl!«

Das musste sie nun auch nicht mehr, und es hieß, der Teufel wäre ins Gefängnis gekommen.

Gerade das beunruhigte uns nun doch ein bisschen: Kam man für »Doktorspiele« ins Gefängnis??!

Manchmal hatten wir nämlich auch Doktor gespielt und uns gegenseitig sehr genau untersucht, wobei meistens die interessantesten Körpergegenden erkrankt waren. Vorsichtshalber wurde dabei immer die Zimmertür abgeschlossen, denn wir glaubten, dass wir wahrscheinlich etwas Verbotenes taten. Aber Polizei und Gefängnis, das hätten wir niemals für möglich gehalten!

Auf jeden Fall beschlossen wir, die »Doktorspiele« lieber bleiben zu lassen.

Die Erwachsenen verloren kein Wort über die Angelegenheit.

Kletteräffchen

Tatsächlich hatten wir nach etwa einem Jahr unser Ziel erreicht und konnten uns als stolze Besitzer von Fahrrädern präsentieren. Natürlich waren auch kleine Zuwendungen von Onkeln und Tanten zu Geburtstagen oder Weihnachten sehr hilfreich, aber den Hauptanteil haben wir uns freiwillig selbst verdient und dabei alle Teufelsfratzen und allen Liebeskummer weggehackt.

Jetzt war wieder mehr Zeit für unsere Lieblingsbeschäftigung über: Bäume klettern.

Es gab die unterschiedlichsten Bäume auf unserm Grundstück: Kastanien, Linden, Birken, einen Ahorn, Weiden und eine riesige Silberpappel.

Unser Favorit war aber eindeutig eine Platane. Ein wunderschöner Baum mit einem dicken Stamm, den wir mit ausgestreckten Armen beide nicht umfassen konnten. Die unteren Äste konnte man gerade noch mit einem Klimmzug erreichen, und sie waren nicht so dick, dass man sich nicht richtig daran festhalten konnte, so wie bei der Silberpappel.

Hatte man den Anfang geschafft, konnten die nächsten Äste leicht erreicht werden, und wie auf einer verästelten Leiter ließ sich der Stammplatz in zehn bis 15 Meter Höhe einfach erklettern. Denn natürlich hatte jeder einen Stammplatz, und natürlich hatte man von dem eigenen die allerschönste Aussicht. Jeder gab vor, in der Ferne den Fluss aufblitzen zu sehen, obwohl das eigentlich ganz unmöglich war.

Einig war man sich, dass die Platane das Beste war, was der Garten an Bäumen zu bieten hatte. Umso trauriger war es, als sich herausstellte, dass der Stamm offensichtlich von Pilz befallen und im Inneren morsch und brüchig war.

Jeder andere als mein Vater hätte den Baum vermutlich fällen lassen, aber er wäre kein Zahnarzt gewesen, wenn er nicht eine berufsspezifische Lösung gefunden hätte. Wie bei einem faulen Zahn ließ er den kranken Teil herausbohren und die Höhlung anschließend mit Zement ausfüllen. »Jetzt hat sie eine Plombe«, meinte Heidi und streichelte dabei den glatten Stamm.

Das hätte sie in Gegenwart meines Vaters besser nicht gesagt, denn Plomben waren etwas, das Pfuscher machten, ein guter Zahnarzt machte Füllungen!

Im Herbst bekam unser Lieblingsbaum allerdings Konkurrenz, denn dann war die Zeit der Apfelbäume. Angefangen beim klaren, noch recht sauren Augustapfel über den rotwangigen erfrischenden Glockenapfel knabberten wir uns durch alle Apfelsorten des Gartens.

Und was waren das für Köstlichkeiten! Frisch von der Erde aufgelesen oder auch verbotenerweise abgepflückt (weil die guten für den Winter gelagert wurden), nach Herbstluft duftend, knackten sie beim Hineinbeißen und der Saft spritzte uns dabei ins Gesicht.

Die zart-seidige Haut des Zitronenapfels hat niemals wieder ein anderes Exemplar erreicht!

Das absolute Highlight von allen Sorten war aber der Cox-Orange. Er knackte nicht nur verführerisch und ließ den köstlichen Saft herausspritzen, sondern hatte so einen besonderen Geschmack, dass man danach süchtig werden konnte.

Leider wurde dieser Sucht ein striktes Verbot entgegengesetzt, denn es gab nur einen Baum, der diese Köstlichkeit produzierte und dessen Ertrag gemäß patriarchalischem Familienverständnis ausschließlich meinem Vater zustand.

Heidi und ich schlichen häufig um das begehrte Objekt herum, aber preußische Erziehung ist mitunter sehr erfolgreich, und so trauten wir uns einfach nicht, weil man sicher etwas bemerkt hätte.

Dagegen fruchtete die preußische Erziehung nicht mehr ganz so vollkommen, wenn man es wahrscheinlich nicht bemerken würde.

Heidi hatte wieder einmal die geniale Idee, wie wir ans Ziel unserer Wünsche gelangen könnten: Im Nachbargarten wuchsen zwei prächtige Exemplare des Cox-Orange. Bei unseren Kletterkünsten wäre es ein Kinderspiel, sie zu erreichen.

Die Nachbarn machten sich offenbar sowieso nichts aus Äpfeln, denn viele Bäume wurden gar nicht abgepflückt, und mit Sicherheit würden so ein paar Äpfel weniger gar nicht auffallen.

Da ich einige Zeit vorher von dem Unterschied zwischen Diebstahl und Mundraub erfahren hatte, konnte ich diesen wichtigen Gesichtspunkt noch beisteuern.

Im Nachbarhaus gab es keine Kinder. Es gehörte einem sehr vornehmen älteren Herrn: Dr. Meiss, der irgendetwas mit dem Gericht zu tun hatte.

Er ging immer kerzengerade, fein gekleidet und mit Hut auf die Straße, wobei er einen silberverzierten Spazierstock ganz genau neben sich aufsetzte (und nicht etwa herumschlenkerte, wie Onkel Kitti das zu tun pflegte).

Kam man ihm entgegen, war für einen Jungen ein »Diener« (Senken des Kopfes mit leichter Rumpfbeuge), bei Mädchen ein »Knicks« (beide Beine im Knie gebeugt, ein Bein etwas vorgestellt) absolutes Pflichtprogramm.

Wenn man sich traute, dabei in sein Gesicht zu sehen, nickte er hoheitsvoll-wohlwollend. Ich traute mich meistens nicht und betrachtete stattdessen seine spiegelblanken Schuhe, die mit einer Art Mäntelchen bedeckt waren, wie es auch Dackel mitunter im Winter tragen. Wozu war das denn wohl gut? Können auch Schuhe frieren??

»Das sind keine Mäntelchen, das sind Gamaschen!«, belehrte mich meine große Schwester. »So was ist vornehm und verschont die Schuhe vor Dreckspritzern.«

Meine große Schwester wusste so viele Dinge und hatte auch keine Scheu, mit dem vornehmen Herrn Doktor gelegentlich zu plaudern.

»Er ist etwas Besonderes, er ist ein Philosoph!«, erklärte sie mir. Nachdem sie mir auch erklärt hatte, was ein Philosoph ist, dass er über das Leben nachdenkt und Geheimnisse zu ergründen sucht, schöpfte ich neue Hoffnung, etwas über die geheimnisvollen Bornum-Dinge zu erfahren.

Auf meinen fragenden Blick berichtete sie mir dann: »Er sagt, Niesen ist die Bejahung des Lebens, Husten die Verneinung.«

Ehrfürchtig erwog ich diesen Ausspruch und hatte schnell mit einem beunruhigenden Zwiespalt zu kämpfen. Bejahen hieß ja wohl, dass man das Leben gut fand, und Verneinen das Gegenteil.

Husten und Niesen musste man aber vorwiegend, wenn man erkältet war, und dann auch meistens beides gleichzeitig oder kurz nacheinander. Sollte eine Erkältung das Lebensgefühl derartig hin und her schleudern?

Ich beobachtete daraufhin meine Umgebung sehr sorgfältig. Dabei fiel mir auf, dass der vornehme Herr Doktor sehr viel husten musste. Ich bedauerte ihn sehr, dass er offensichtlich das Leben so schrecklich fand.

Als ich meine Schwester in meine Gedanken einweihte, meinte sie nur: »Ja, er hat was an der Lunge und raucht einfach zu viele Zigarren.« Ich dachte mir, dann hat er ja selber Schuld, wenn er das Leben verneinen muss, und hörte auf, ihn weiter zu bedauern.

Der vornehme Herr Doktor hatte nicht nur keine Kinder, er hatte auch keine Frau, sondern eine Haushälterin, Frau Roos. Wir nannten sie Tante Röselchen, denn sie hatte ein liebes rundes Gesicht, aus dem die blausten Augen strahlten, die ich bis dahin gesehen hatte. (Selbst Michael konnte da nicht mithalten.) Die schlohweißen Haare waren am Hinterkopf aufgesteckt, und um das Farbenspiel perfekt zu machen, leuchteten ihre Bäckchen rot wie bei einem Apfel. Zu uns Kindern war sie immer freundlich, zu kleinen Scherzen aufgelegt und auch nicht böse, wenn mal ein Knicks oder Diener vergessen wurde.

So wunderte es mich sehr, dass sie mit dem vornehmen Herrn Doktor manchmal in einem recht lauten, vorwurfsvollen Ton redete, ja, man könnte sogar sagen, sie schimpfte ihn gewaltig aus. Natürlich ging es bei den Vorwürfen um das Rauchen.

Der Hausarzt des Doktors hatte sie nämlich aufgefordert, darauf zu achten, dass er nicht zu viele Zigarren wegpaffte, und ihr klargemacht, dass sie nicht nur für seinen Haushalt und seinen Garten verantwortlich sei, sondern auch für seine Gesundheit. (Onkel Kitti hatte noch andere Ideen, was ihre Aufgaben sein könnten, die durfte er aber wegen eines heftigen Einspruchs meiner Mutter nicht weiter ausführen.) Trotz aller Fürsorge gelang es aber dem Doktor immer mal wieder, seiner Leidenschaft zu frönen, was man bis in unseren Garten an den Schimpfkanonaden der sonst so lieben Tante Röselchen hören konnte.

Heidis Vorschlag, die Cox-Orange dieser Nachbarn auszuprobieren, wurde sehr schnell in die Tat umgesetzt, denn das Erklimmen dieser Bäume war für uns überhaupt kein Problem.

Die Äpfel schmeckten sogar noch köstlicher als die unseres eigenen Gartens (was vielleicht auch durch ihr Sosein als Früchte des Verbotenen erklärt werden könnte), und wir konnten uns nur schwer von dem Festmahl trennen.

Dann aber fuhr uns ein gewaltiger Schreck in die Glieder: In etwa 20 Meter Entfernung näherte sich der vornehme Herr Doktor und kam direkt auf den Apfelbaum zu. Zur Flucht war es eindeutig zu spät. Wir mussten uns tot stellen. Vielleicht würde er uns dann bei seinem Rundgang nicht entdecken.

Doch er machte keinen Rundgang. Er kam zielstrebig unter das dichte Blätterdach des Apfelbaumes und zündete sich dort genüsslich eine Zigarre an.

Tante Röselchen erschien etwa zur gleichen Zeit auf der Bildfläche, um ein paar vertrocknete Blumen abzuschneiden und anschließend auch einen Rundgang zu machen.

Offensichtlich wähnte sich der Doktor unter dem Baum sicher, ganz im Gegenteil zu Heidi und mir, die wir mucksmäuschenstill den Stamm umklammerten und beim Entdecktwerden ein ungemütliches Strafgericht von unseren Eltern befürchteten.

Alles lief gut, bis der Doktor eine so ungewöhnlich große Rauchschwade in die Luft paffte, die am Stamm hochstieg und mich in der Nase kitzelte. Die Katastrophe musste ja kommen! Warum musste ich ausgerechnet in diesem Moment das Leben bejahen?!!

Der Doktor schaute erstaunt nach oben und entdeckte uns natürlich sofort. Aber seine Reaktion war nicht – wie erwartet – ein zorniger Ausruf, sondern, da sich Tante Röselchen bis auf wenige Meter genähert hatte, eher eine komplizenhafte Geste: Er legte einen Zeigefinger an seine Lippen und verhielt sich weiterhin absolut still, während er seine Zigarre zu Ende paffte.

Als Tante Röselchen außer Sichtweite war, rutschten wir in Windeseile am Stamm hinunter und stürmten ohne ein weiteres Wort oder gar einen Knicks davon.

»Er wird uns nicht verraten, wir haben ihn ja auch in der Hand«, beruhigte mich Heidi, wenn ich meine Befürchtungen äußerte.

Tatsächlich passierte auch ein paar Wochen gar nichts in dem Zusammenhang, weil wir ganz bewusst ein Zusammentreffen vermieden.

Dann aber geschah es doch, das Unausweichliche! Als wir gerade gemütlich von der Schule nach Hause bummelten, trat der Doktor ganz plötzlich aus einem Torweg und blieb genau vor uns stehen. Ein Weglaufen war unmöglich, wir mussten uns unseren Taten stellen. Ich sah schon eine Woche Hausarrest oder den Verzicht auf leckere Nachspeise auf mich zukommen …

Nach einem etwas verunglückten Knicks starrte ich verzweifelt auf die Dackelmäntelchen seiner Schuhe, während ich das Gefühl hatte, das in meinen Kopf schießende Blut verwandle diesen in einen Heißluftballon.

»Na, ihr beiden Kletteräffchen«, sagte er in einem Ton, als würde er schmunzeln, »hat es euch denn geschmeckt?«

Ich konnte nur stumm nicken, aber Heidi, diese wahnsinnig mutige Heidi, schaute ihm munter ins Gesicht und konterte: »Dir auch?«

Das war das erste Mal, dass ich den vornehmen Herrn Doktor laut lachen hörte. »Und wie!! Das könnt ihr mir glauben! Aber die ganze Sache muss unser Geheimnis bleiben. Seid ihr damit einverstanden?«

Und wie wir einverstanden waren! Man konnte fast hören, welch großer Stein mir vom Herzen plumpste! Jetzt wagte ich sogar in sein Gesicht zu blicken und entdeckte in seinen Augen einen kleinen Schalk, den ich vorher niemals vermutet hätte.

Zukunftspläne

Alle diese Erlebnisse schweißten die Freundschaft zwischen Heidi und mir immer enger zusammen. Wir machten uns jeden Tag gemeinsam auf den Schulweg, trafen uns auf dem Pausenhof und verbrachten jede freie Minute miteinander. Diese Gemeinsamkeit war jedoch gefährdet, denn ich sollte ab dem nächsten Schuljahr auf eine andere Schule – eine so genannte Oberschule – gehen.

Wie schon bei dem Vorschlag, ich solle Holz hacken, zu erkennen ist, machte mein Vater keinen Unterschied zwischen den Tätigkeiten der Geschlechter. So stand es für ihn eindeutig fest, dass ich eine vernünftige Ausbildung machen und auch einen Beruf erlernen musste.

Heidis Vater war da ganz anderer Ansicht: »Mädchen heiraten doch sowieso und kriegen dann Kinder, wozu da eine teure Ausbildung?! Es reicht, wenn Heidi die Grundschule abschließt!«

Trotz meiner schmerzlichen Erkenntnisse mit Willem, was die Verlässlichkeit von Ehemännern betraf, sah ich auch ein Leben als Ehefrau und Mutter als erstrebenswertes Ziel an, besonders natürlich als Mutter, denn der uralte Babywunsch war zwar etwas auf Eis gelegt, aber immer noch lebhaft vorhanden.

Das erste Mal in meinem jungen Leben kämpfte ich deshalb leidenschaftlich gegen die Autorität meines Vaters an: Ich wollte nicht auf die Oberschule! Ich brauchte keinen Beruf! Ich wollte zusammen mit Heidi auf der Grundschule bleiben!!

Als mein Vater mich trotz meines Widerstandes zur Aufnahmeprüfung angemeldet hatte, beschloss ich, die Sache zu vereiteln. Ich würde bei den Prüfungen einfach alles falsch machen. Das wäre zwar ein bisschen peinlich, wenn es bekannt würde, dass ich durchgefallen war, dafür könnte ich aber mit Heidi zusammen bleiben.

Ein ökonomisches Gedankenspiel brachte meine entschlossene Haltung dann aber doch etwas ins Wanken. Genauer gesagt war es eine

Denksportaufgabe, die mein Vater in einer Zeitschrift gefunden hatte und mir beiläufig zum Lösen überließ:

Von acht Kugeln gleicher Größe und gleichen Aussehens war eine etwas schwerer als die anderen, was man aber ohne Hilfsmittel nicht feststellen konnte. Man sollte dafür eine Balkenwaage mit zwei Schalen benutzen. Die Schwierigkeit bestand darin, dass man nur zweimal wiegen durfte.

Es stand für mich sofort fest, dass man nicht halbe-halbe, also vier zu vier auf die Waagschalen packen durfte – da kam man mit zwei Wiegegängen nicht aus.

Wie ein Blitz funkte die Lösung in meinem Kopf auf: natürlich, drei links, drei rechts, zwei in der Hand behalten. War die Waage im Gleichgewicht, musste eine der beiden Handkugeln die gesuchte sein, was man in einem zweiten Wiegegang leicht ermitteln könnte. Senkte sich dagegen bei den Dreierpacks eine Waagschale, enthielt sie die schwerere Kugel, und diese konnte ebenso beim zweiten Wiegegang ermittelt werden.

In weniger als fünf Minuten hatte ich das Problem gelöst. Mein Vater wollte es kaum glauben, er war geradezu sprachlos und holte ganz spontan sein Portemonnaie hervor. Obwohl er im Allgemeinen ein Muster an Sparsamkeit war, belohnte er diese Leistung mit 1 (einer!) DM.

Eine ganze DM!! Das waren zehn Stunden Holzhacken!! Wenn man die Zeit von fünf Minuten auch noch einrechnete, wären das etwa 120 Stunden Holzhacken für eine Stunde Nachdenken!!

Es war offensichtlich, dass es einfacher war, seinen Kopf anzustrengen. Vielleicht sollte ich doch die Aufnahmeprüfung lieber nicht verhauen? Darüber musste ich noch nachdenken!

Im Zoo

Mein zehnter Geburtstag war ein denkwürdiger Tag. Nicht nur dass ich den heiß begehrten Füllfederhalter geschenkt bekam, es gab noch eine ganz große Überraschung: Meine große Schwester Hanne sollte mit Heidi und mir in den Zoo gehen.

In unserer kleinen Stadt gab es keinen Zoo, deshalb mussten wir erst mit der Eisenbahn eine gute halbe Stunde fahren, was schon einmal aufregend war, und dann noch mit der Straßenbahn durch die große Stadt. Wir staunten über die vielen Menschen, Autos, die großen Geschäfte. Und dann der Zoo!! So viele verschiedene Tiere! Die meisten hatten wir noch nie gesehen. Meine große Schwester erzählte uns, wo sie normalerweise leben, was sie fressen, alles, was sie wusste.

Die Elefanten und Giraffen fanden wir besonders beeindruckend, ebenso die klotzigen Nashörner. Im Tigerkäfig entdeckten wir zwei kleine unglaublich schnuckelige Tigerbabys. Heidi wäre am liebsten gleich in den Käfig geklettert, um sie zu streicheln, aber der drohende Blick der Tigermutter ließ sie dann doch von dem Vorhaben zurückschrecken. Das wäre auch kein Mut mehr gewesen, sondern echter Wahnsinn!

Auch im Bärengehege gab es Nachwuchs. »Sieh mal, das bist du«, sagte Hanne und deutete dabei auf einen kleinen kuscheligen Bären, der putzig umhertapste.

Wieso sollte ich ein Bär sein?! Hanne belehrte mich, dass mein Name »Ursula« aus dem Lateinischen kommt und übersetzt »kleine Bärin« heißt.

Kleine Bärin! Das war wirklich ein hübscher Name. Er klang so zärtlich und liebevoll, so gar nicht wie das strenge »Ursula«, das mein Vater immer benutzte, wenn ich irgendetwas versiebt hatte. Wenn ich noch jemals einen Freund hätte, sollte er mich »kleine Bärin« nennen!

Als Nächstes landeten wir bei den Affen. Meine Güte, was konnten die klettern! Dagegen waren unsere Kletterkünste mehr als kläglich.

Sie balancierten auf schmalen Brettern und dünnen Ästen oder hangelten sich an Seilen in Windeseile in große Höhen. Die Affenbabys klammerten sich derweil am Rücken der Mutter oder des Vaters fest oder turnten auch schon mal waghalsig an den Zweigen herum. In diesem Gehege war unglaublich viel los!

Es fiel uns auf, dass einige Affen ganz dicht hintereinander saßen und offensichtlich Spaß miteinander hatten.

»Was machen die denn da?«, fragten wir meine große Schwester Hanne.

»Die paaren sich«, war ihre klare und prompte Antwort. Auf unsere fragenden Blicke hielt sie uns eine anschauliche und ausführliche Vorlesung über die Fortpflanzung im Allgemeinen und die der Säugetiere und damit auch des Menschen im Besonderen.

Das konnte sie gut, denn sie hatte vor einiger Zeit angefangen, Medizin zu studieren. Sie wusste alles klar und deutlich darzustellen, ohne die nebulösen Umschreibungen, die wir sonst von Erwachsenen gehört hatten, zu benutzen. Der »Pieper« wurde zum Penis und musste tief in die Scheide (das »Pümmi«) des Weibchens eingeführt werden, damit er dort seine Samen ausstoßen konnte. Der Samen suchte sich dann seinen Weg zu der Eizelle des Weibchens in der Gebärmutter, wo dann je nach Tierart ein kleines Äffchen, Mäuschen oder Menschlein heranwuchs, wunderbar geschützt vor allen Gefahren und Feinden. Sie fand, das sei ein wahres Wunder.

Da mussten wir zustimmen. Ich fragte mich nur, warum man darüber nicht reden durfte und alles immer mit diesem blöden »Bornum« abgeblockt wurde, obwohl es doch so ungeheuer interessant und von der Natur großartig ausgedacht war.

Als sie dann noch genauer erklärte, wie aus diesen winzigen Zellen von Mann und Frau, die man ohne Vergrößerung gar nicht sehen könnte, zunächst ein Zellhaufen entsteht, aus dem sich langsam der Kopf, die Ärmchen, Beinchen und alles andere herausbildet, sodass man schon drei Monate nach der Paarung alles Wesentliche erkennen könne, war ich so fasziniert, dass es für mich in Sekundenschnelle feststand, darüber müsste ich unbedingt mehr lernen, ich wollte auch Medizin studieren!

Das Problem mit Heidi ließ sich ja anders lösen. Wir müssten eben Heidis Vater so lange bestürmen, bis sie auch auf die Oberschule gehen durfte. Sie wollte ja gerne Lehrerin werden. Wir hatten schließlich gemeinsam eine ganze Wiese voll Kleinholz gehackt, an Ausdauer fehlte es nicht – wir würden es schaffen!!

Durch diese Überlegungen abgelenkt, hörte ich mit einem Ohr, wie Heidi fragte: »Und entstehen alle Menschen so? Und haben Mutti und Vati sich auch gepaart? Wir sind ja drei Kinder, dann müssen sie sich ja drei Mal gepaart haben!«

Das fand meine Schwester lustig und bestätigte beide Fragen. Ja, es gab auf der ganzen Welt keinen Menschen, der anders als durch Paarung entstanden war.

Jetzt wollte ich aber auch noch wissen, ob »eine Frau gehabt haben« ebenfalls Paarung mit der Frau bedeutete, dann hätte sich Onkel Kitti ja etwa 100 Mal gepaart und auch 100 Kinder!

»Nun, Onkel Kitti gibt zwar ein bisschen an«, meinte Hanne, »aber im Großen und Ganzen mag das hinkommen. Kinder hat er allerdings nur vier, soweit ich weiß. Ihr müsst nämlich wissen, dass nicht bei jeder Paarung ein Baby entsteht, und viele wollen auch gar kein Baby, sondern nur die aufregenden und lustvollen Gefühle erleben, mit denen die Natur die Menschen zur Paarung verleitet. Man nennt das Sex.«

Ach ja, das war auch so ein »Bornum«-Wort! Hier musste ich dringend einhaken. »Was hat denn eigentlich der Kachelofen mit alldem zu tun?«

»Kachelofen?«, fragte meine Schwester erstaunt. »Ach so, du meinst ›Bornum‹. Ja, das war – wie du schon bemerkt hast – nur ein Warnwort. Genau kann ich das auch nicht sagen, warum man das gewählt hat. Vielleicht, weil man sich an dem Ofen leicht verbrennen kann, genauso wie an den ›heißen Themen‹, und dann wohl auch, weil *du* wie der Kachelofen, der alles schluckt (Holz, Papier, Kohle), alles begierig geschluckt hast, was so besprochen wurde und wovon man glaubte, es sei nichts für Kinderohren.«

Das war nun wirklich die Höhe! Ich war der Kachelofen, ich selbst war Bornum!

Ich beschloss, die Erwachsenen bei meiner Rückkehr gehörig zu schocken. Ich würde ihnen mein neu erworbenes Wissen über die Paarung bis in alle Einzelheiten vortragen, mal sehen, ob sie dann immer noch »Bornum« riefen!!

Eine Frage aber blieb bei diesen umfassenden Enthüllungen immer noch offen: Was war denn nun eigentlich mit den Bienen? Bei der ausführlichen Paarungsbeschreibung fand ich nirgendwo einen Anhaltspunkt für ihr Wirken.

»Die Bienen!«, lachte meine Schwester. »Ja, die hat Vati immer gern bemüht, aber die sind nur bei den Pflanzen aktiv, bei den Menschen spielen sie keine Rolle!«

Gerade wollte ich protestieren und von meinen Erfahrungen berichten, als der Warnruf »Bornum« in meinem Kopf zu hören war, und zwar genau in dem vorwurfsvollen Tonfall, den meine Mutter immer hören ließ.

Plötzlich saß ich wieder in dem abgedunkelten Kinosaal neben Michael, verheult und glücklich, spürte das Kribbeln in meiner Hand und das Summen in den Ohren und wusste es besser: Es gab die Bienen! Das hatte ich ja nun am eigenen Leib erfahren! Aber das musste ich nicht erzählen, das sollte nun *mein* ganz persönliches Geheimnis bleiben!

Bornum!

2. Teil

Schüchternheit

Die Aufnahmeprüfung zur Oberschule erwies sich doch etwas schwieriger als erwartet. Zwar konnte ich lässig mit meinen Rechenkünsten und dank der Spaziergänge mit meinem Vater auch mit dem biologischen Wissen punkten, aber dann wurde ein Aufsatz verlangt über das Thema »Eine Tiergeschichte, die ich selbst erlebt habe«. So sehr ich auch mein kleines Hirn durchforstete, bis auf das Drama mit dem Eichhörnchen, das mein Vater mit dem Luftgewehr erschossen hatte(weil es immer die Walnüsse weggeholt hatte) und das Heidi und ich voller Entrüstung und großer Trauer begraben hatten, konnte ich mich an keine, aber auch wirklich gar keine selbst erlebte Tiergeschichte erinnern. Dieses Erlebnis gab einfach nicht genug her, obwohl man hätte erwähnen können, dass die als Trauergabe von uns auf dem kleinen Grab dekorierten Walnüsse schon am selben Tag von einem Artgenossen geklaut wurden, was den unsentimentalen Umgang der Natur mit den Gegebenheiten widergespiegelt hätte. Aber so weit gingen meine Überlegungen damals noch nicht. Was mich wohl eher von der Geschichte abhielt, war neben dem spärlichen Inhalt vor allem die Möglichkeit, dass dabei ein schlechtes Licht auf meinen Vater fallen würde, und das wollte ich auf gar keinen Fall. Ich war zwar bitterböse auf ihn wegen dieser Tat, aber ich verehrte ihn trotz allem.

Es blieb also nichts anderes übrig: Ich musste mir etwas ausdenken!

Zum Glück war wohl der Wahrheitsgehalt für die Beurteilung des hanebüchenen Aufsatzes nicht so entscheidend, und die Juroren hatten offensichtlich viel Humor, die ausufernde Fantasie zu honorieren, die mich ein Rehkitz in den Sanddünen von Norderney finden ließ, das ich dann mit der Flasche großzog und nach vielen Schwierigkeiten mit Eltern und Polizei auf dem Festland nach Ende des Urlaubs aussetzte.

Norderney war der Ort, der für so besondere Ereignisse geeignet war, denn er war der einzige, den ich außer meinem Heimatstädtchen kannte und den wir jedes Jahr im Sommer aufsuchten.

Ein Bruder meiner Mutter war dort als Polizeihauptwachmeister tätig und ließ uns gegen geringes Entgelt bei sich wohnen. Ich liebte das Meer, besonders die hohen Wellen und den Wind, aber auch die Urlaubsgroßzügigkeit meines Vaters, die fast täglich ein Milchshake-Getränk erlaubte. Was für ein Luxus!!

Einmal gab es ein ganz besonderes Ereignis: Mein Onkel schenkte mir seine Freikarte für eine Freilichtaufführung der Operette »Gräfin Mariza«!

Schon zwei Tage vor der Aufführung konnte ich vor Aufregung nicht richtig schlafen, und als ich mich dann dick eingemummelt mit Pullover und Skihose (denn die Aufführung fand natürlich abends statt, und da war es manchmal empfindlich kalt) auf dem Dienstplatz des Hauptwachtmeisters niedergelassen hatte, war ich so von Vorfreude erfüllt, dass ich ganz vergessen hatte, vorher noch mal schnell die Toilette aufzusuchen.

Die Vorstellung war für mich ein Traum: mitreißende Musik, tolle Kostüme, witzige, spannende Handlung – und das alles vor der Kulisse des Kurhauses, das von Blumen und Lichtern eingerahmt wurde. Sogar eine goldene Kutsche mit echten Pferden kam zum Einsatz!

Mit fortschreitender Vorführung wurde jedoch das Ganze für mich zum Albtraum, denn meine Blase meldete dringende Bedürfnisse an, und selbst ein unruhiges Umherrutschen auf dem Sitz brachte keine Erleichterung. Was sollte ich nur tun? Ich wusste auch nicht, wo die nächste Toilette zu finden wäre. Das hätte ich natürlich in der Pause erfragen können, aber da war noch ein anderes ganz großes Problem: Ich war zu schüchtern!

Niemand, der frisch, frei und unbekümmert auf seine Mitmenschen zugeht, kann ermessen, was es heißt, von dieser Krankheit befallen zu sein.

Fremde Menschen waren für mich zuerst einmal beängstigend, wenn nicht sogar bedrohlich. Während ich im vertrauten Kreis keine Hemmungen hatte, meine Meinung kundzutun, vielleicht sogar Witze und Späße machen konnte, war mein Gehirn – und speziell das Sprachzentrum – in Gegenwart von Fremden völlig blockiert, und ich bekam kaum ein Gestotter zustande. Ich konnte mir hundertmal sagen, dass ich keinen Grund hatte, ängstlich vor den Fremden zu sein, schließlich konnte ich vielleicht auch einiges, was sie nicht konnten, z. B Norwegerhandschuhe stricken oder auf Bäume klettern, aber das half alles nichts, ich fühlte mich weiter wie ein Häufchen Elend, wenn sie mich ansprachen oder ich sie gar etwas fragen musste. Ich weiß nicht, ob die Schüchternheit angeboren ist oder durch entsprechende Erziehung heraufbeschworen wird, auf jeden Fall ist sie ein großer Hemmschuh und war es auch an diesem besagten Sommerabend auf Norderney bei der Freilichtaufführung der »Gräfin Mariza«. Um es kurz zu machen: Ich traute mich nicht, nach der Toilette zu fragen, in der Hoffnung, meine Blase würde es bis zum Schlussakkord aushalten.

Meine Blase war aber im Gegensatz zu mir überhaupt nicht schüchtern und setzte kurz vor dem grandiosen Schlussfinale ihre Bedürfnisse rigoros durch.

Beschämt, aber unendlich erleichtert verließ ich am Schluss mit einer recht feuchten Skihose schnell den Ort meiner Niederlage, während das Hochgefühl des musikalischen Erlebnisses mit meinem schlechten Gewissen wetteiferte. Was würde der Ordner, der die Stühle wieder in den Saal zurücktragen musste, wohl denken, wenn er den Sitz des Hauptwachtmeisters derartig befeuchtet vorfinden würde?!

Pia

Meine Schüchternheit wurde einer weiteren Herausforderung ausgesetzt, denn ich sollte den ersten Tag ganz allein zu der neuen Schule gehen. Meine Mutter war krank, meine großen Geschwister nicht am Ort und mein Vater hatte natürlich keine Zeit.

Fast alle anderen Kinder wurden von ihren Vätern, Müttern oder sogar beiden Eltern begleitet, und ich fühlte mich ausgesprochen vernachlässigt und kläglich verloren. Ich sehnte mich nach Heidis Stärke und Schutz. Aber Heidi musste ja noch ein Jahr warten, denn sie durfte erst nächstes Jahr die Prüfung machen, weil sie eine Klasse unter mir war. Wir hatten es tatsächlich durchgesetzt, dass sie es versuchen durfte, das war ein großer Sieg! Jetzt allerdings fühlte ich mich überhaupt nicht als Sieger und war in meiner Verzweiflung den Tränen nahe, als mich plötzlich jemand in den Rücken stupste und munter lossprudelte: »Bist du auch allein hier? Meine Alten hatten natürlich keine Zeit! Ich heiße übrigens Pia, das bedeutet ›die Fromme‹, aber denk ja nicht, dass ich das bin! Und wie heißt du?«

Bei so viel Spontaneität hätte ich fast geantwortet: »Kleine Bärin«, aber das wäre für meine Verhältnisse zu schnell zu vertraut gewesen. »Ursula« fand Pia dann auch ganz in Ordnung und bastelte bereits an »Usch« oder »Uschi« herum.

Wir beschlossen, gemeinsam die Aufnahmezeremonie zu ertragen und Banknachbarinnen zu werden.

Mit Pia lernte ich ein ganz anderes Leben kennen. Waren bislang meine Wertvorstellungen vorwiegend von den bereits erwähnten preußischen Tugenden geprägt, wurde mir durch Pia und ihre Familie nach und nach klar, dass man die Dinge auch anders sehen konnte, viel lockerer, lässiger, unbekümmerter. Besonders ihr Vater machte auf mich einen großen Eindruck. Er schien durch das Leben zu tänzeln, hatte immer wieder neue Ideen, die ihn begeistern konnten, und schien sich wenig Sorgen um die Zukunft zu machen. Zum Zeitpunkt unseres Kennenlernens war er gerade dabei, ein Restaurant zu eröffnen, nachdem er zuvor einen Taxibetrieb aufgegeben und zwischendurch als Blitzableiter-Verkäufer gearbeitet hatte. Man munkelte, er habe fast eine halbe Million DM Schulden. Das hielt ihn aber nicht davon ab, mit uns fürstlich essen zu gehen oder im tiefsten Winter Erdbeeren zu kaufen.

Eine »Ungeheuerlichkeit« in den Augen meines Vaters, der die preußische Sparsamkeit so verinnerlicht hatte, dass er einen Fußmarsch von einer halben Stunde in Kauf nahm, nur um das Porto für einen Brief zu sparen. Dabei hätte er eigentlich Grund genug gehabt, der Sparsamkeit zu misstrauen: Seine ersten Ersparnisse hatte die Inflation nach dem Ersten Weltkrieg zunichtegemacht, die Währungsreform nach dem Zweiten reduzierte die neuen auf ein Zehntel. Trotzdem wurden weiter Briefmarken gespart – und nicht nur diese!

Pias Vater hingegen entwickelte eine bewundernswerte Kreativität in Geschäften, gründete Gesellschaften mit und ohne Haftung und hätte mit seiner charmanten Art und seiner Redegewandtheit sogar einem Gemüsebauern Salat verkaufen können.

Ob er sein Talent auch bei Frauen im Allgemeinen spielen ließ, weiß ich nicht, mich wickelte er mit kleinen Schmeicheleien immer wieder um den Finger. »Grüne Augen wie eine Meerjungfrau!« … »Haare, wie eine Löwin!« … Natürlich lachte ich mit Pia gemeinsam über diese »Späße«, aber insgeheim freute es mich, dass ich vielleicht doch etwas zu bieten hatte, denn ich litt sehr darunter, dass ich klein war, die Kleinste in der Klasse!

Mein Bruder hatte mir einige Jahre zuvor einmal geraten, mich im Mai draußen in den Regen zu stellen gemäß der Bauernweisheit: »Im Mairegen wächst alles«, aber außer einer saftigen Erkältung hatte das Experiment nichts gebracht.

Pia hatte zumindest die Gabe der Redekunst von ihrem Vater geerbt und außerdem war sie beneidenswert selbstbewusst. Darauf, dass sie mit der Pünktlichkeit immer mal wieder Schwierigkeiten hatte, musste ich mich einstellen. Ihre Begeisterung für kleine Dinge und die Leichtigkeit, mit der sie Widrigkeiten abschüttelte, fand ich bestrickend.

Ziemlich schnell erfasste sie, wie es mit der Schüchternheit um mich stand, und begann ganz vorsichtig an meiner Erziehung zu arbeiten, indem sie mich immer vorschickte, wenn etwas zu regeln war. Man wird es kaum glauben, aber bis dahin hatte das Kaufen einer Fahrkarte oder eines Brötchens schon Überwindung gekostet.

Als wir unsere ersten Tramp-Ausflüge per Autostopp unternahmen, richtete sie es so ein, dass ich auf dem Beifahrersitz Platz nehmen musste, was zumindest einen »Small Talk« meinerseits erforderte, und das bei ganz wildfremden Menschen!!

Im Laufe der Zeit zeigte die Therapie einen gewissen Erfolg: War die fremde Gruppe nicht zu groß und Pia als potenzieller Retter in der Nähe, konnte ich ganz ohne Gestotter das Bild eines zwar zurückhaltenden, aber nicht unbedingt behinderten Gesprächspartners vermitteln.

Bis ich allerdings in einer größeren Menschenansammlung einmal frei sprechen konnte, vergingen Jahre, und wenn ich ehrlich bin, ist mir auch heute noch nicht wohl dabei.

Das Problem mit dem Kleinsein relativierte sich im Laufe der nächsten Jahre, wenn ich auch lange nicht an Pias Körpergröße heranreichte. Gemeinsam hatten wir aber eine Sorge: Unsere weiblichen Formen wollten sich nicht so recht entwickeln. Andere Mädchen unseres Alters waren da schon oben herum gewaltig ausgestattet und zogen vielsagende Blicke auf sich, die gelegentlich sogar von anerkennenden Pfiffen begleitet waren. Es machte uns zwar nichts aus, nicht angepfiffen zu werden, aber irgendwann sollte sich doch mal etwas tun.

Mein Bruder hatte wieder einmal den Mairegen als Lösung vorzuschlagen: »Ihr müsst euch ganz einfach im Regen auf die Erde legen, dann wächst es nach oben.« So eine Frechheit!!

Wir schlugen ihm vor, das Prinzip einmal an seinen »wichtigen« Körperteilen auszuprobieren, vielleicht hätten die es nötig, zumindest sein Gehirn!

54

Als dann das lang erwartete sichtbare Zeichen der beginnenden »Reife« in Form der monatlichen Blutung einsetzte, jubelte ich nicht so wie eine meiner Töchter später: »Juhu, ich bin eine Frau!!«, sondern fand die Angelegenheit sehr lästig. Man hatte Schmerzen im Unterleib, oft gemeinsam mit Migräne, und musste sich fast eine Woche lang mit unappetitlichen Ausscheidungen abplagen. Schwimmen, Sport, längere Radtouren – alles wurde schwieriger.

Pia und ich waren uns einig, dass wir gerne auf diese »frauliche Erwähltheit« verzichtet hätten. Aber das gehörte nun auch einmal dazu, wenn man einen beeindruckenden, bepfeifungswürdigen Brustumfang erlangen wollte.

Beeindrucken wollte ich nämlich schon, vor allem Thomas, einen Freund meiner großen Schwester, der mich des Öfteren neckte und ähnliche Schmeicheleien verlauten ließ wie Pias Vater. Natürlich war alles nur Spaß, denn ich war noch keine 13 Jahre alt und er schon 26!!

Ich konnte gar nicht verstehen, dass meine Schwester ihn nicht sofort heiraten wollte (was natürlich andererseits für mich ein herber Schlag gewesen wäre).

Thomas hatte auch blaue Augen und schwarze Haare (war mein Gehirn etwa auf diese Kombination vorprogrammiert?) und zog beim Gehen ein Bein etwas nach. Mit 18 Jahren hatte er in den Krieg ziehen müssen, war schwer verwundet worden, konnte zum Glück sein Bein behalten, hatte aber so starke Schmerzen gehabt, dass man ihm Morphium geben musste.

Es hieß – wie die Klatschmäuler in kleinen Städten es gern hinter vorgehaltener Hand zu flüstern lieben –, er sei seitdem morphiumsüchtig.

Das fand ich aber überhaupt nicht schlimm, denn ich war auch süchtig: sehnsüchtig …

Ich wartete mit klopfendem Herzen, ob er meine Schwester besuchen würde, ob er mir vielleicht eine kleine Nettigkeit sagen oder – Gipfel aller Sehnsüchte – mich auf seinem Motorroller ein Stückchen mitnehmen würde.

Da ich in der Zwischenzeit im Bücherschrank meiner Eltern Ludwig Ganghofer entdeckt und etliche Bände verschlungen hatte, wusste ich, welchen Schwierigkeiten die wahre Liebe trotzen konnte. So würden die 14 Jahre zwischen uns mit der Zeit und meiner Größen- und Weiblichkeitszunahme sicher zum Unwesentlichen schrumpfen.

Heidi, die ich jetzt leider – wie zuvor befürchtet – viel weniger treffen konnte, war als Einzige in meine Vorstellungen eingeweiht und bestärkte mich in dem Glauben, dass die wahre Liebe auf jeden Fall siegen würde.

»Die wahre Liebe« – das war auch ein häufiges Gesprächsthema zwischen Pia und mir. Sie musste auf jeden Fall sehr, sehr viel mehr sein als die Begierde, zur Paarung zu kommen, als alles, was unter der Rubrik Sex eingeordnet wurde. Alle Welt redete immer von »Liebe«, aber was konnte man wirklich darunter verstehen?

Man liebte natürlich (wenigstens meistens) seine Eltern, seine Geschwister, seine Kinder, gutes Essen, edlen Wein, schöne Reisen, Bücher, Musik oder auch den Anblick einer herrlichen Landschaft. Diese »Lieben« hatten zweifellos nichts mit Sex oder Begierde zu tun, und doch wurde immer der Ausdruck »ich liebe« verwendet. Selbst kluge Bücher, die wir zurate zogen, versuchten zwar den Begriff »Liebe« zu differenzieren, sprachen von Mutter-, Vater-, Gottesliebe, ohne genau zu sagen, was das Wesentliche der Liebe nun eigentlich ausmacht.

Wenn Pia bei uns schlafen durfte, diskutierten wir manchmal bis tief in die Nacht hinein über das, was wir uns unter »Liebe« vorstellten. Natürlich spielte auch wohl Sex eine wesentliche Rolle (wenn auch bei uns in noch recht nebulöser Vorstellung), aber viel wichtiger fanden wir, dass ein großes Gefühl damit verbunden sein müsse, ein Gefühl, das wir selbstlos für ewige Zeiten leben würden. Wir wetteiferten, welche Opfer wir bringen würden, um unserer Liebe zu dienen. Pia versicherte, falls es nötig sein sollte, für die Liebe lügen, stehlen oder auch gefährliche Dinge machen zu wollen, etwa über eine sehr dünne Eisdecke laufen oder vom 10-Meter-Brett im Schwimmbad springen.

Jemanden der Liebe wegen zu ermorden lehnten wir beide entschieden ab. Bei der Frage, ob man als Liebesbeweis ins Gefängnis gehen würde, hatten wir unterschiedliche Vorstellungen: Während Pia die Idee völlig verwarf, hätte ich das Gefängnis nicht ausgeschlossen. Dafür wäre ich nur bereit gewesen, vom 5-Meter-Brett zu springen, weil mich das schon immense Überwindung gekostet hätte.

Die ganz große Frage blieb: Würde man auch für seine Liebe sterben, so wie Romeo und Julia?

Abgesehen davon, dass der Tod der beiden eigentlich durch ein tragisches Missverständnis ausgelöst wurde, war das wirklich die Krönung aller Hingabe?

Auch hier waren wir uns nicht einig, ob diese Krönung wirklich das Höchste der »Liebe« (die wir ja immer noch nicht definieren konnten) darstellte.

Ein schreckliches Ereignis erschütterte kurz darauf unsere Vorstellungen und katapultierte uns auf einen Schlag in die Wirklichkeit: Wir hatten eine junge, sehr attraktive Französischlehrerin, die wir sehr verehrten. Eines Morgens kam sie nicht zum Unterricht. Man forschte bei ihr zu Hause nach, fand ihr Auto nicht, nur eine gepackte Schultasche. Nach zwei Tagen entdeckte die Polizei ihre Leiche. Sie hatte sich im Wald erhängt. Das Gerücht (was wohl auch stimmte) lief um, sie habe einen verheirateten Mann geliebt und als strenggläubige Katholikin die Schuld der Sünde nicht mehr ertragen.

Pia und ich waren geschockt, ernüchtert und beschämt, dass wir so lächerliche Überlegungen über unsere Opferbereitschaft angestellt hatten, und es wurde uns klar, dass wir meilenweit davon entfernt waren, die »Liebe« zu verstehen, dass sie nicht nur Glückseligkeit bedeutete, sondern auch zuweilen zu Qualen und hoffnungsloser Verzweiflung führen konnte.

Ein weites Feld

Meine Großmutter war eine kleine, zierliche Frau, die dennoch genau wusste, was sie wollte.

Als mein Vater einmal die Absicht äußerte, einen Hund anschaffen zu wollen, sprang sie, die Hunde verabscheute, energisch von ihrem Stuhl auf, machte sich steif und so groß, wie sie nur konnte, wobei sie mit zitternden Händen, aber fester Stimme erklärte: »Entweder ich oder der Hund!!«

Da niemand auf ihre Anwesenheit verzichten wollte (schon wegen ihrer Kochkunst), war die Hundeidee gestorben.

An regnerischen Nachmittagen saß ich oft mit ihr zusammen und lernte von ihr all die Handarbeitstechniken, die sie so fabelhaft beherrschte. Dabei erzählte sie mir von ihrem entbehrungsvollen Leben: Als letztes von fünf Kindern musste sie schon mit 15 Jahren ihr Elternhaus verlassen, um »in Stellung« zu gehen. Als Küchenmamsell in einem reichen Berliner Haushalt lernte sie nicht nur, die Zähne zusammenzubeißen, sondern bekam auch Einblicke in die gute gehobene Küche, sodass sie später unsere Familie mit ihren Kenntnissen und Fähigkeiten verwöhnen konnte.

Fleißig und zäh hat sie sich in dieser Zeit ihre Aussteuer zusammengespart, denn am Ende des 19. Jahrhunderts war eine gute Aussteuer Voraussetzung für den Antrag eines Heiratswilligen. Mit 18 Jahren glaubte sie den richtigen Ehemann gefunden zu haben und verlobte sich. Als sie aber erfuhr, dass er nebenbei noch eine andere Frau und mit dieser sogar ein Kind hatte, war für sie das Schicksal besiegelt: Lieber wollte sie als alte Jungfer sterben, als einem Betrüger zu gehören. In der Vorstellung der damaligen Zeit blieb diese Möglichkeit nur übrig, wenn man spätestens bis zum Alter von 22 Jahren keinen Ehemann gefunden hatte. Sie fühlte sich mit 24 Jahren schon uralt und war deshalb bereit, auf Vermittlung der Verwandtschaft einen zehn Jahre älteren Witwer zu heiraten, dessen Frau bei der Geburt ihrer gemeinsamen Zwillinge gestorben war und der dringend eine Frau und Ersatzmutter suchte.

Auf meine Frage »Hast du ihn denn geliebt?« lächelte sie nur mitleidig. »Ach, Kind« (sie sagte immer »Kind« zu mir, obwohl ich ja nun auf dem besten Wege war, die Kindheit abzustreifen), »ach, Kind, die Liebe, das ist ein weites Feld.« Diesen Ausspruch hatte sie sich von einem Buch des Dichters Fontane gemerkt, und ich sollte ihn im Laufe der Jahre noch öfter zu hören bekommen. »Du musst wissen, mein Kind, dass sich unsereiner Liebe nicht leisten konnte. Dein Großvater war ein freundlicher Mann, ich habe ihn geachtet, aber geliebt habe ich ihn nicht. Er hat mich gut versorgt. Zwar musste ich viel arbeiten, im Haus, auf dem Feld, mit den sechs Kindern, die ich am Ende zu versorgen hatte, aber wir hatten keine Not und ich besaß ein richtiges Heim, und an den Kindern hatte ich viel Freude. Dass ich jetzt noch meine Enkel, so wie dich, genießen kann, ist doch ein wahres Gottesgeschenk!«

Sie sprach viel von Gott und seinen Geschenken, obwohl ihr in ihrem Leben sonst wenig geschenkt wurde. Als mein Großvater 1913 starb, stand sie mit sechs Kindern allein da. Das jüngste war gerade fünf. Eine kleine Landwirtschaft lieferte das Nötigste zum Leben. Das mühsam im Laufe der Jahre angesparte Bargeld legte sie auf Anraten eines Bekannten in patriotischem Vertrauen in Kriegsanleihen an, denn inzwischen hatte der Erste Weltkrieg begonnen. Viel schlimmer als der Verlust der hart erarbeiteten Summe war die schwere Verwundung ihres Sohnes Kitti. Als sie erfuhr, dass man ihm einen Arm amputieren wollte, zögerte sie nicht, sofort aufzubrechen, um ihn im Lazarett zu versorgen, und sie kämpfte, soweit sie es vermochte, mit Kräutern, Umschlägen und Bouillon um seine Genesung und mit resoluten Worten um den Erhalt des Armes – und hatte Erfolg!

Ein andermal erzählte sie mir noch von ihrer Freundin Petrine, die es viel schlechter getroffen hatte. Petrine war bei einer unglücklichen

Liebschaft schwanger geworden. Das war zu der Zeit eine nicht wieder gutzumachende Katastrophe. Ihre Familie wollte wegen der Schande nichts mehr von ihr wissen. Sie war völlig mittellos und wusste nicht, wohin sie mit dem Kind gehen sollte. Sie hatte ebenfalls von einem Witwer gehört, der eine Frau und Mutter für seine kleine Tochter suchte. Tatsächlich wollte dieser Witwer sie auch heiraten; da er aber Lehrer in einem kleinen Dorf war, fürchtete er die Klatscherei und stellte als Bedingung für die Hochzeit, dass sie ihr Kind weggeben müsse. In ihrer Not hat sie sich auf die Regelung eingelassen und später nie wieder etwas von ihrem Kind gehört.

Ich war entsetzt. Das eigene Kind weggeben, um ein besseres Leben zu haben!

Als ich meiner Großmutter meine Entrüstung zeigte, rückte sie mir den Kopf zurecht: »Du hast gut reden, du wächst behütet und sicher auf! Niemals musstest du hungrig ins Bett gehen und wusstest immer, wo du es finden würdest! Petrine war verzweifelt, hoffnungslos und wollte schon sich und das Kind umbringen, bis sich diese Möglichkeit ergab. Wer weiß auch, ob das Kind es bei seinen Adoptiveltern nicht besser getroffen hat als in einem Armenhaus, das Petrine als letzter Ausweg geblieben wäre!«

Wieder einmal musste ich mich meiner Weltfremdheit schämen.

Das Domino-Spiel

»Aber warum war Petrine überhaupt schwanger geworden?«, wollte ich von meiner Großmutter wissen. »Hätte sie nicht damit warten sollen, bis sie ganz sicher war, den richtigen Ehemann gefunden zu haben?«

Jetzt kam wieder das bekannte: »Ach, Kind! – Das ist nicht so einfach mit der Liebe! Wenn man verliebt ist, setzt das Denken zeitweilig aus und man schwimmt nur auf einer Woge berauschender Gefühle. Dann erkennt man auch nicht die Fehler und Schwächen des anderen, die ganze Welt ist einfach wundervoll und man sieht die Zukunft nur rosig. Wenn dann vielleicht noch heiße Küsse mit noch heißeren Liebesschwüren verbunden werden, können die Gefühle wie eine Lawine alles mitreißen und die Vernunft wird überrollt. Du musst dir das so ähnlich vorstellen wie bei einem Dominospiel: Wenn die erste Platte umfällt, werden die nächsten angestoßen, bis zum Schluss kein Hindernis mehr steht. Deshalb solltest du immer daran denken, wenn du mal in die Lage kommst, dass die letzte Platte wie einbetoniert stehen bleiben muss und nicht wanken oder wackeln darf, bis du ganz sicher bist.«

Das war ein eindrucksvoller Rat, den meine Großmutter mir gegeben hat, und die einbetonierte Platte als Schutz meiner Jungfräulichkeit wurde zu einem lebhaften Bild in meiner Vorstellung.

Vorläufig hatte ich aber weder mit Platten noch mit Verliebtsein etwas im Sinn, denn ich hatte eine neue Leidenschaft entdeckt: den Tanz!

Soweit ich zurückdenken konnte, musste ich Musik immer in Bewegung umsetzen. Ich tanzte nach der Melodie von Kinderliedern, Schlagern und seit geraumer Zeit, nachdem ich im Wunschkonzert des Rundfunks am Sonntagnachmittag die klassische Musik kennengelernt hatte, auch zu Mozarts Klavierkonzerten oder Ravels »Bolero«.

Natürlich geschah das im Verborgenen, niemand durfte zuschauen. Dann sah ich den Ballettfilm »Die roten Schuhe« zum ersten Mal, und es war um mich geschehen: So wollte ich auch tanzen lernen!

Die Möglichkeit, professionellen Unterricht zu erhalten, war seit Kurzem gegeben, denn eine Tanzlehrerin hatte eine Schule in unserem kleinen Ort eröffnet. Sie unterrichtete klassisches Ballett und als ehemalige Mary-Wigman-Schülerin auch Ausdruckstanz.

Mein Vater war von dieser neuen Leidenschaft überhaupt nicht begeistert und lehnte jede Finanzierung dieses »Spleens« ab. Ich sollte lieber im Turnverein trainieren!

Die unvorhersehbaren Umstände und das Ehrgefühl meines Vaters halfen mir dann aber doch, meinem Traum näher zu kommen. Die Tanzlehrerin hatte nämlich – sozusagen als zweites Standbein – den Sportunterricht für Mädchen an unserem Gymnasium übernommen und unterrichtete uns in rhythmischer Gymnastik. Am Ende jeder Stunde durften wir uns nach Musik frei bewegen, und da häufig auch Klassisches dabei war, konnte ich bald meine Schüchternheit überwinden und war ganz in meinem Element.

Das hat wohl auch die Lehrerin bemerkt und mich darauf angesprochen, ob ich nicht zu ihr in den Unterricht kommen wolle. Nach längerem Winden berichtete ich ihr darauf von dem Widerstand meines Vaters. Das Wunder geschah, sie bot mir an, mich kostenlos zu unterrichten! Mein Triumph zu Hause wurde von meinem Vater brüsk abgewürgt mit den Worten: »Kommt gar nicht infrage!« Schon wollte ich mich schmollend in mein Zimmer zurückziehen, als der Nachsatz fiel: »Das ist nicht nötig, das zahle ich!«

Schon bald wurde meine überschießende Begeisterung auf eine harte Probe gestellt, denn ich musste erfahren, dass »Tanzen« eine sehr harte Arbeit sein kann. Das Training an der Stange verlangte äußerste Disziplin und manchmal war die Erschöpfung so groß, dass man am liebsten aufgehört hätte. Als dann noch die Übungen auf den Spitzenschuhen hinzukamen und die Blasen an den Füßen gar nicht mehr zu zählen waren, kam gelegentlich der Gedanke auf, warum man sich das alles antun musste.

Aber die »Droge« Tanz war stärker, und wie es Drogen so an sich haben, beherrschte sie mein ganzes übriges Leben. Jede freie Minute verbrachte ich mit Dehnübungen oder Ballettposen, denn ich hatte mich gegen erhebliche Konkurrenz durchzusetzen.

Diese hieß Lilian, war genauso alt wie ich, nämlich 13 Jahre, hatte aber in einer anderen Stadt schon seit ihrem fünften Lebensjahr Ballettunterricht gehabt und war bereits beneidenswert perfekt in ihren Bewegungen.

Wenn unsere Gruppe kleinere Aufführungen machte, durfte sie immer die Hauptrolle tanzen. Natürlich suchte ich nach einem Haar in der Suppe ihrer Vollkommenheit und tröstete mich mit der Feststellung, dass sie zwar in der Ausführung perfekt, im Ausdruck dagegen kühl, wenn nicht sogar kalt wirkte. Eine Szene als tanzende Puppe war ihr wie auf den Leib geschrieben. Als diese Puppe dann in dem Tanz ein Mensch werden sollte, konnte man kaum einen Unterschied feststellen. Nun ja, ich gebe es zu, ich war ziemlich neidisch.

Das war aber gleichzeitig ein Ansporn, noch eifriger zu üben.

Nachdem ich etwa zwei Jahre zum Unterricht gegangen war, hatte ich endlich meine Chance: Ich durfte in dem Tanzspiel »Aschenputtel« die Hauptrolle tanzen: das Aschenputtel!

Ich weiß nicht, was größer war: Glück, Stolz, Aufregung – vielleicht auch Befriedigung, dass ich es geschafft hatte, mich gegen Lilian durchzusetzen.

Die Woge der Begeisterung und das Ausmalen einer großen Karriere ließen mich sogar die niederschmetternde Nachricht, dass Thomas sich mit einer hübschen Lehrerin verlobt hatte, leichter verkraften. Ich versicherte mir immer wieder, dass eine Ehe sowieso für mich nicht das Richtige wäre, da ich doch Künstlerin würde, und wenn ich dann berühmt wäre, hätte ich sicher eine Flut von Verehrern.

Über fehlende Verehrung konnte ich mich eigentlich nicht beklagen, denn inzwischen war die Zeit gekommen, eine »Tanzstunde« zu besuchen. Alle meine Freundinnen und natürlich auch Pia nahmen daran teil. Man lernte dort die Grundregeln des Gesellschaftstanzes und die Regeln, wie man sich als »junge Dame oder junger Herr« zu benehmen hatte.

Die »jungen Herren« waren in der Mehrzahl gleichaltrig (also nicht so recht ernst zu nehmen), und ihre schüchternen Versuche, mit leichtem Zittern und verschwitzten Händen einen gemeinsamen Rhythmus mit den Füßen zu finden, scheiterte meistens am musikalischen Taktgefühl. Natürlich war diese Art von »Tanz« weit unter meinem Niveau – ich hatte schließlich gelernt, was Tanz bedeutet – und ertrug in hochnäsiger Lässigkeit gelangweilt die Unterweisungen.

Zum Abschluss des Lehrgangs gab es einen Ball, zu dem auch frühere (ältere) Tanzstundenschüler geladen waren. Da das Ereignis in die Karnevalszeit fiel, machte man aus dem Ball ein Kostümfest. Durch die lustigen Verkleidungen und die erst kürzlich gelernten Figuren des Rock and Roll war die Stimmung bald ausgelassen, und die »Benimmregeln« wurden nicht mehr so ganz ernst genommen.

Einer der älteren Tanzschüler, mit Namen Uwe, hatte mich mit seinen fantasievollen Bewegungen und seiner offensichtlichen Begeisterung für das Tanzen besonders beeindruckt, und ich schaffte es, ihn als ständigen Tanzpartner zu erobern.

Während der Tanzpausen erholte man sich gemeinsam bei Sprudel oder Coca-Cola, die Uwe großzügig spendierte und recht häufig wieder neu von der Theke holte. Im Laufe des Abends gefiel mir Uwe immer besser. Er sah nicht nur gut aus, er fand auch oft eine Gelegenheit, mich beiläufig zu berühren, mir Komplimente zu machen und mir in die Augen zu blicken, als wolle er mich hypnotisieren.

Ob es dieser Blick war oder das süffige Getränk, mein Kopf konnte dem aufkommenden leichten Schwindel immer weniger entgegensetzen, was er wohl auch gar nicht wollte, denn dieses Empfinden war gepaart mit einer ungekannten Aufregung und einem Glücksgefühl, was sich sogar in leichtem Zittern bemerkbar machte.

Wie hatte ich mich früher über die jüngeren Tanzpartner lustig gemacht, wenn sie in meiner Gegenwart zittrige Hände bekamen! Jetzt hatte es mich also selbst getroffen!

Nach und nach hatte mein Kopf immer weniger bei mir zu sagen. Dank weiterer köstlicher Getränke wurde ich von einer berauschenden Welle davongespült und verlor jede Kritikfähigkeit.

So war es auch nicht verwunderlich, dass ich sofort Uwes Vorschlag zustimmte, dass wir vor der Tür ein wenig frische Luft schöpfen könnten.

Das »Frische-Luft-Schöpfen« entwickelte sich jedoch vor der Tür zu einem »Nach-Luft-Schnappen«, weil Uwes heiße Küsse mir fast das Atmen verwehrten und mein Zittern sich über den ganzen Körper ausbreitete.

Willenlos folgte ich ihm, als er mir ganz in der Nähe etwas zeigen wollte.

Ein dunkler Flur kam mir ins Bewusstsein, dann ein Schlüssel, der eine Zimmertür aufsperrte.

Wie in dem Bilderbuch »Max und Moritz« in der Geschichte mit den Maikäfern so schön gezeichnet, blitzte plötzlich das Bild eines Bettes vor mir auf, mit dickem weißem Plumeau und braunen Bettpfosten, die von einer Kugel gekrönt wurden.

Der Blitz war erfolgreich, denn er machte mir in Sekundenschnelle klar, in welcher Gefahr ich mich befand: die letzte Dominoplatte!!

Ehe Uwe noch die Tür vollständig geöffnet hatte, war ich panikartig aus dem Haus gehastet, rannte, soweit es mit dem Gleichgewicht noch klappte, um etliche Häuserecken herum und dann auf schnellstem Weg nach Haus.

Der Schock war gewaltig, aber die Folgen um Dimensionen gewaltiger.

Erst als ich Bett lag und alles um mich herum sich im Kreis drehte, ahnte ich, dass das so großmütig spendierte Getränk der Auslöser für meinen Zustand war.

Es dauerte auch gar nicht lange, bis ich einen Teil davon wieder von mir geben konnte und es dann in regelmäßigen Abständen zu erneuten Eruptionen kam.

Die Übelkeit aber blieb trotzdem, und selten hatte ich mich bislang so sterbenskrank gefühlt.

Ich hatte das Gefühl, jedes einzelne Haar würde mir langsam ausgerissen und ich fürchtete, meine Hirnhaut könne platzen.

Meiner Mutter klagte ich, dass ich mir den Magen verdorben hätte. Mein Bruder aber erkannte sofort die Ursache und meinte, ich hätte wohl einen gehörigen »Kater«.

Da ich mir überhaupt nicht vorstellen konnte, woher ich den haben sollte, erklärte er mir auch gleich die Taktik der jungen Männer: »Sie spendieren dir einen Sprudel, aber kurz bevor du ihn bekommst, kippen sie einen gehörigen Schuss Alkohol (Rum oder Gin) hinein. Meistens haben sie dafür einen sogenannten ›Flachmann‹ in ihrer Jackentasche. Na ja, es ist ja nichts weiter passiert, aber nächstes Mal musst du besser aufpassen.«

Vorsichtshalber habe ich ihm nicht erzählt, dass das mit dem »Passieren« eine sehr brenzlige Situation war.

Viel schlimmer als die körperlichen Qualen waren aber die Folgen, die sich aus dem ganzen Desaster ergaben, denn ich hatte am folgenden Morgen nicht an der Probe für die Aschenputtel-Aufführung teilnehmen können.

Es war einfach unmöglich. Ich konnte nicht aufstehen, ohne zu schwanken, und fühlte mich so schlapp, dass ich kaum drei Schritte machen konnte, ganz zu schweigen von der Vorstellung, tanzen zu können. Dazu kamen die rasenden Kopfschmerzen und immer noch erhebliche Übelkeit. Ich blieb wie vergiftet in meinem Bett liegen und vergaß Probe und Tanzen und überhaupt alles und wollte nur überleben.

Die Quittung erhielt ich prompt und kompromisslos: Meine Rolle als »Aschenputtel« erhielt Lilian, ich war nicht mehr gefragt!

Die Tanzlehrerin blieb hart: Übelkeit hin oder her, ich hätte auf jeden Fall erscheinen müssen, oder zumindest absagen (was natürlich stimmte), und im Übrigen hätte ich ja wohl bis spät in die Nacht gefeiert (woher sie das wohl wieder wusste?), da müsste man auch am nächsten Tag seine Pflichten erfüllen. Sie wolle aber großzügig sein, ich dürfe eine der Tauben darstellen.

Das war zu viel!

Ich warf ihr das Aschenputtel-Kostüm vor die Füße und schrie trotzig, dass ich auf den ganzen Zinnober gern verzichten würde, wenn sie so kleinlich sei, und überhaupt hätte ich auch gar keine Lust mehr auf diese Art Vergnügen!

Damit war meine Karriere als Tänzerin beendet.

Schwankende Gefühle

Vielleicht hätte ich nicht so trotzig und unbeherrscht reagieren sollen, aber das seelische Gleichgewicht einer 15-Jährigen ist im Allgemeinen nicht ausbalanciert und neigt zu extremen Reaktionen. Ungezähmte Wutausbrüche über die Ungerechtigkeiten der anderen, der Welt überhaupt, können sich mit reuevoller Zerknirschung oder Verzweiflung über das eigene Verhalten abwechseln.

Die reiche Skala all dieser Gefühle durchlebte ich in der folgenden Zeit immer wieder, wobei die Selbstvorwürfe oft die Oberhand hatten: Wie konnte ich nur so dumm und verblendet sein! Alles hatte ich selbst verschuldet! Warum musste ich auf das hübsche Gesicht und die angenehme Gesellschaft hereinfallen?! Warum hatte ich nicht bemerkt, was da vor sich ging?!

Warum hatte ich mich so gehen lassen und mich nicht trotz aller Widerwärtigkeiten zu der Probe geschleppt?! Warum hatte ich nur so eigensinnig und brüsk auf die Worte der Tanzlehrerin reagiert?! Nun war es zu spät für alles, denn jetzt noch mal »zu Kreuze kriechen« und um Wiederaufnahme bitten – das kam unter gar keinen Umständen infrage! Mir fehlte der Hackklotz meiner Kindertage, auf dem ich mein Unglück hätte zerkleinern können.

Mein Bruder ahnte, weshalb ich so verzweifelt war, und versuchte mich davon zu überzeugen, dass ich ja viel besser bei der Leichtathletik aufgehoben wäre als bei »diesem albernen Gehopse«. Er bot an, mich für das nächste Sportfest zu trainieren. Obwohl ich ihm den Ausdruck »Gehopse« lange übel ankreidete, schaffte er es, mich im Laufe der Zeit zu motivieren und damit aus dem allertiefsten Unglückskeller ein Stück herauszuholen.

Waren es die Nachwirkungen der unglückseligen Ereignisse oder ganz einfach Aufruhr der Hormone dieser Entwicklungsphase, ich wurde manchmal unausstehlich: muffig, aufmüpfig, gemein, herablassend, meistens unbeherrscht und trotzig und hätte mir selber nicht gern begegnen mögen.

Meine Mutter nahm mich meistens in Schutz und versuchte mein unverschämtes Benehmen zu entschuldigen: »Das ist die Pubertät, das geht vorüber!«

Mein Vater strich mir als Strafe häufiger das Taschengeld, was aber nur noch mehr Widerstand hervorrief. Glaubte er etwa, ich ließe mich kaufen?! Lieber wollte ich die ganze spießige Lebensweise vergessen! Ausbrechen! Weit, weit wegfahren, vielleicht eine Weltreise machen! Mich allein durchschlagen, frei sein, keine lästige Schule mehr besuchen!!

Es war ausgerechnet die mutige Heidi, die Heldin meiner Kindertage, die sonst immer für ein Abenteuer begeistert werden konnte, die mir von derartigen Plänen abriet: »Bist du noch bei Trost? Hast du vergessen, wie wir um die Oberschule gekämpft haben? Hast du vergessen, dass du Medizin studieren willst?!«

Tatsächlich hatte ich über meiner Tanzwut dieses Vorhaben ganz in den hintersten Winkel meiner Zukunftspläne verbannt. Nachdem Heidi mir geholfen hatte, mich wieder daran zu erinnern, sah ich eine Perspektive, die mir Halt und neue Energie gab. Langsam pendelte sich auch das seelische Chaos auf ein vertretbares Maß ein, und wenig später war mein Vater sogar bereit, das Taschengeld etwas zu erhöhen.

Pia war während der ganzen verwirrenden Zeit eine verlässliche Stütze. Sie versuchte mich zu beruhigen, was das »Abenteuer« mit Uwe betraf, und war mit mir einig, dass die Tanzlehrerin sich »gemein« benommen habe und man ihr keine Träne nachweinen dürfe.

Wir unternahmen Ausflüge mit dem Fahrrad in die nähere Umgebung, schwänzten gemeinsam manche langweilige Unterrichtsstunde und diskutierten weiterhin über »die Liebe«, was aber meistens in schwärmerischen Ausführungen über diesen oder jenen jungen Mann endete. Schwärmerei – das ist wohl der Ausdruck, der diesen Lebensabschnitt am besten charakterisiert. Meistens waren die Objekte unserer Verehrung wesentlich älter, verheiratet, also unerreichbar.

Pia schwärmte für den Sportlehrer, ich war von einem Musiklehrer begeistert. Mit romantischen Gefühlen pflückten wir im Wald Maiglöckchen (selbst wenn uns die Mücken dabei den letzten Tropfen Blut auszusaugen versuchten), und legten die Sträuße heimlich unseren Angehimmelten aufs Fahrrad oder auf den Flügel.

Natürlich hatten wir auch Freunde in unserem Alter, aber die Beziehung war meistens kumpelhaft oder nur sehr kurzfristig aufregend. Es wäre für uns unvorstellbar gewesen, mit 15 Jahren ein festes Verhältnis zu haben, wie es heutzutage häufig vorkommt. Noch unvorstellbarer wäre es gewesen, die letzte Dominoplatte umzustoßen. So etwas tat man einfach nicht! Dabei darf man nicht vergessen, dass auch bei den Erwachsenen Sex immer noch ein Tabuthema war. Es gab keine öffentlichen Darstellungen, etwa im Film oder in Zeitungen, keine Reklame, die bewusst darauf abgezielt hätte, und die Pille war – wenn vielleicht auch schon erfunden – noch nicht ins Bewusstsein der Öffentlichkeit gedrungen. Ein uneheliches Kind zu bekommen wäre immer noch ein ungeheuerlicher Skandal gewesen und eine heimliche Abtreibung die gängigste Lösung.

Es mag sein, dass in den großen Städten schon andere Ansichten herrschten, aber wir lebten in einer ziemlich kleinen Stadt und dort tuschelte man eher geheimnisvoll oder verächtlich über »gefallene Mädchen«.

Die Versuchung, in so eine missliche Lage zu kommen, war nach den Erfahrungen mit Uwe auch nicht sehr groß, zumal das ganz große Gefühl, das wir uns beide unter »Liebe« vorstellten, sich weder bei Pia noch mir einstellen wollte. Es gab immer wieder Phasen, in denen wir glaubten, der Himmel stehe uns offen, doch die Verliebtheit hielt selten länger als ein halbes Jahr. Meine Sorge, ich könnte ganz und gar unbegabt für eine »große Liebe« sein, entkräftete meine Schwester mit ihren medizinischen Kenntnissen.

So wie sie mir einst im Zoo die anatomischen Vorgänge der Fortpflanzung erklärt hatte, beschrieb sie jetzt die Tricks und Kettenreaktionen, die sich die Natur ausgedacht hat, um überhaupt das Verlangen nach Fortpflanzung und damit das Verliebtsein auszulösen: Es ist das Gehirn, das mit seinen Botenstoffen und der von ihm ausgelösten Hormonkaskade die ganz entscheidende Rolle spielt, und man ist ihm völlig hilflos ausgeliefert.

Der Anblick, die Stimme, unbemerkte Geruchseindrücke – alles kann dazu führen, dass bestimmte Botenstoffe ausgeschüttet werden, die das sogenannte Belohnungszentrum überschwemmen und eine Hochstimmung erzeugen, die alle anderen Dinge unwichtig erscheinen lässt. Appetit und Schlaf können stark zurückgehen. Hormone, die normalerweise in Stresssituationen dem Körper zu Hilfe kommen, werden ebenfalls vermehrt ausgeschüttet und bewirken Herzklopfen, feuchte Hände oder freudige Aufregung beim Anblick des begehrten Objektes. Dann ist da auch noch ein anderer Glücksbotenstoff am Werk, dessen Absinken im Allgemeinen zu Schlafstörungen, Ängsten, ja sogar Depressionen und Zwängen führen kann. Normalerweise ist er für das psychische Gleichgewicht zuständig. Da Verliebte sich gedanklich aber nur mit einem Objekt befassen, ist dieses Gleichgewicht gestört, und sie erscheinen der Umgebung als leicht »verrückt«.

Es ist verständlich, dass der Körper diese »hochtourigen« Zustände nicht auf Dauer aufrechterhalten kann. Zum Schutz wird deshalb die überschießende Ausschüttung der Stresshormone und anderer Verursacher etwa nach einem Vierteljahr beendet.

Die Verliebten kehren auf den Erdboden zurück und müssen häufig eine bedauernswerte Ernüchterung ertragen.

Einerseits beruhigten mich diese Erkenntnisse im Hinblick auf meine kurzen Gefühlserlebnisse, andererseits lehnte ich mich dagegen auf, dass ich derartig der Biochemie meines Gehirns ausgeliefert sein sollte. Nein, es musste da doch noch mehr geben als die Herrschaft der Transmitter!

Der französische Schriftsteller Antoine de Saint-Exupéry sagt: »Liebe besteht nicht darin, einander anzusehen, sondern gemeinsam in dieselbe Richtung zu blicken.«

Das gefiel mir schon wesentlich besser, denn es bedeutete Zukunft, Dauer, Treue, gemeinsamer Lebensweg für mich.

Auch der englische Dichter Wystan Hugh Auden konnte mich mit seinem Ausspruch »Jede Ehe, ob glücklich oder unglücklich, ist interessanter und bedeutender als jede Romanze, und sei sie noch so leidenschaftlich« eher überzeugen (obwohl ich Mühe hätte, eine unglückliche Ehe besonders interessant zu finden).

Vorläufig war aber die Vorstellung einer Ehe für Pia und mich noch in so weiter Ferne, dass wir zwar Wetten abschlossen, wer wohl als Erste »unter die Haube« käme, aber dieses Ereignis für die nächsten zehn Jahre nicht ernsthaft in Erwägung zogen.

Erst einmal wollten wir etwas von der Welt sehen, und trotz Audens Ausspruch waren wir auch Romanzen, ob nun leidenschaftlich oder nicht, durchaus nicht abgeneigt, vorausgesetzt, die »Dominoplatte« war nicht in Gefahr.

Der leidenschaftliche Wunsch, einmal gemeinsam ohne Aufsicht von Eltern oder anderen Respektpersonen zu verreisen (und nicht wieder nach Norderney, sondern in die »Welt«!!), wurde gegen große Widerstände und unter Einsatz aller psychologischen Tricks und Möglichkeiten umgesetzt, als wir fast 17 Jahre alt waren.

Aufbruch in die Welt

Anfang der 1950er-Jahre kannte man noch keine Interrail-Tickets oder andere Vergünstigungen der Bahn, mit denen man einigermaßen preiswert diese »Welt« hätte erobern können. Deshalb war es durchaus gebräuchlich, als Jugendlicher eine Reise »per Anhalter« oder »Autostopp« zu machen. An den Auffahrten der Autobahn standen manchmal bis zu zehn kleine Gruppen, meistens junge Männer, allein oder zu zweit, aber auch Pärchen oder eben zwei Mädchen wie Pia und ich, mit Rucksack und in zünftiger Wanderkleidung, was signalisierte, dass man nicht auf Abenteuer aus war.

Wir hatten hoch und heilig versprechen müssen, uns niemals zu trennen, nie bei Dunkelheit zu »trampen« und jeden Tag eine Postkarte nach Hause zu schicken. Ein Telefonat wäre zu teuer gewesen und nur im Notfall erlaubt.

Die Reiseroute wurde ganz grob festgelegt, konnte aber auch kurzfristig umgestoßen werden, wenn sich eine sehr günstige Mitfahrgelegenheit ergab. Wichtig war nur, dass es eine Jugendherberge am Zielort gab, in der man preiswert übernachten konnte.

Allerdings hatten die damaligen Jugendherbergen nur wenig gemein mit den heutigen Jugendhotels, die sich auch heute gelegentlich noch so nennen. Man schlief meistens in großen Sälen mit bis zu 20 Etagenbetten, brachte zwei eigene Laken mit, war gebeten (oder besser verpflichtet), bei den Reinigungsarbeiten zu helfen, und hatte meistens nur einen großen Waschraum ohne Duschen mit fließend kaltem Wasser zur Verfügung.

Der mangelnde Komfort wurde jedoch wettgemacht durch die begeisternde Atmosphäre, die sich durch das Zusammenkommen vieler abenteuerlustiger junger Leute ergab. Fast alle fuhren per Autostopp, und der Erfahrungsaustausch schaffte sehr schnell Kontakte auch zu ausländischen Jugendlichen, bei denen man sein Schulenglisch ein wenig aufbessern konnte.

Wir staunten, aus welchen Teilen der Welt einige angereist waren: Australien, Amerika, Schweden, eigentlich aus ganz Europa, während wir gerade mal die ersten Schritte in unserem eigenen Land wagten!

Aber immerhin, wir hatten das Wagnis gegen viele Widerstände durchgesetzt und waren begeistert von der Schönheit der Städte und Landschaften unseres Heimatlandes, die »Welt« musste halt noch ein wenig warten.

So pirschten wir uns langsam von Nord nach Süd, am Rhein entlang, über den Odenwald den Neckar hinauf, mit einem Abstecher zum Schwarzwald bis zum Bodensee.

In Lindau fand gerade eine Tagung der Nobelpreisträger für Chemie statt. Das erfuhren wir in der Jugendherberge von Studenten, die uns überreden wollten, zu dem abendlichen Festempfang mitzukommen. Da ein kostenloses Abendessen in Aussicht gestellt wurde, ließen wir uns nicht lange bitten, sondern verwandelten uns mit Hochsteckfrisuren, die uns etwas älter erscheinen lassen sollten, in Studentinnen der Chemie aus Graz und schummelten uns so in die Gesellschaft ein.

Zu der damaligen Zeit war gerade die sogenannte H-Mode modern. Ein Kleid fiel wie ein Sack von den Schultern bis über das Knie, ohne die Figur zu modellieren. So hätten wir auch gut zehn Jahre älter sein können, und niemand schöpfte Verdacht.

Wir hatten nicht die geringste Vorstellung davon, welche illustren Zeitgenossen an unserem Tisch saßen, lediglich Professor Butenandt war uns namentlich bekannt.

Zusammen mit den Studenten sammelten wir fleißig Autogramme, die später meinem Chemielehrer Tränen der Ergriffenheit in die Augen trieben und mir eine gute Note in Chemie verschafften.

Bei dem köstlichen Abendessen wurde auch immer wieder mit Wein angestoßen, und die Stimmung stieg. Es wurde sogar geschunkelt und getanzt.

Schwierig wurde es erst, als mich ein Assistent in der Tanzpause fragte, in welchem Semester ich denn sei. Nun, jetzt musste ich ins

Wasser springen und meine Camouflage aufrechterhalten. Dumm war nur, dass Werner, einer der Studenten, mit anhörte, dass ich vorgab, im zweiten Semester Chemie zu studieren. Er murmelte ziemlich deutlich: »So, so, zweites Semester Chemie! Und das, ohne rot zu werden!«

Daraufhin blickte der Assistent sehr irritiert, und mir blieb nichts weiter übrig, als Farbe zu bekennen, denn ich fürchtete als Nächstes die Frage, wie viele Analysen ich denn schon gekocht hätte.

Meine Beichte wurde aber vergnügt aufgenommen und ich sogar für den nächsten Tag zum Segeln eingeladen. Das wiederum fand nun Werner überhaupt nicht gut, denn er fühlte sich als mein Mentor, weil er mich doch auf das Fest mitgenommen hatte und demzufolge Besitzansprüche anmelden konnte. Er schilderte mir die Absichten des Älteren als bedrohlich und appellierte an meine Vernunft, die ich allerdings bei seinen Annäherungsversuchen wohl außer Acht lassen sollte.

Nun, alles in allem war es ein gelungenes Fest, auch wenn ich tatsächlich am nächsten Tag nicht segeln ging.

In weinseliger Laune erreichten wir recht spät die Jugendherberge.

Eine ernüchternde eiskalte Dusche erwartete uns: der Herbergsvater war so aufgebracht, dass wir uns als Studentinnen ausgegeben und die Sperrstunde (22 Uhr) so weit überschritten hatten, dass er uns am nächsten Tag gnadenlos hinauswarf. Alle Erklärungen und Bitten halfen nichts, wir hatten die Herberge zu verlassen.

Das war natürlich eine herbe Enttäuschung, denn gerade hatten wir uns ausgemalt, am weiteren Programm der Veranstaltung teilnehmen zu können, den sicher interessanten Vorträgen und – was natürlich noch reizvoller erschien – einer Fahrt auf dem Bodensee mit Besuch der Insel Mainau und anschließendem Mittagessen.

Für eine Unterkunft in einem Hotel oder einer Pension reichten unsere Finanzen bei Weitem nicht. Als einzige Möglichkeit blieb ein Obdachlosenheim, und das nahm uns tatsächlich fast umsonst auf. Wir hatten zwar Sorge, von Ungeziefer heimgesucht zu werden, doch da wir unsere eigenen Laken dabeihatten, glaubten wir uns relativ sicher.

Unserem Forscher- und Vergnügungsdrang stand also jetzt nichts mehr im Wege, nicht einmal eine abendliche Sperrstunde.

Wir besuchten die wissenschaftlichen Vorträge im erprobten Outfit, berauschten uns an der akademischen Atmosphäre, ohne so richtig etwas zu verstehen. Lediglich den Ausführungen von Professor Butenandt konnten wir annähernd folgen. Er referierte über Sexuallockstoffe, und wir folgten gebannt diesem interessanten Thema, das ja auch bei der menschlichen Partnersuche eine große Rolle spielt.

Hatten etwa diese unsichtbaren, gar nicht wahrnehmbaren Moleküle uns beide in eine Falle gelockt?

Er hieß Engelbrecht, wurde aber in unserer romantisierenden Art in »Angelo fragile« umgetauft, und wir versanken offensichtlich in einer Wolke des verführerischen Mediums.

Es war das erste Mal, dass sich eine Rivalität zwischen uns aufbaute.

Wen hatte Angelo zuerst angeschaut, wen länger, wem hatte er einen Platz angeboten, wem zwinkerte er gelegentlich zu?

Alles wurde mit argwöhnischen Blicken registriert. Dabei war Angelo längst vergeben: Zwei Studentinnen wichen selten von seiner Seite, und wir hatten nicht die geringste Chance, ihm zumindest räumlich näher zu kommen.

Werner hingegen kam immer näher. Obwohl sich seine Lockstoffe in Grenzen hielten, fand ich seine Gegenwart nicht unangenehm, und gegen ein Küsschen in Ehren war ja wohl auch nichts einzuwenden.

Werner wollte aber offensichtlich mehr, denn er überredete mich, den herrlichen Vollmond mit ihm über dem See zu bestaunen.

Es war ein schöner warmer Sommerabend, so ganz dazu geeignet, meine romantischen Vorstellungen zu befriedigen, aber natürlich nicht mit Werner!

Ich träumte mir Angelo an meine Seite und rettete mich vor den Zärtlichkeiten Werners, indem ich ihm ausgiebig den Sternenhimmel erklärte, sogar griechische Mythen zu den einzelnen Sternbildern kramte ich aus meiner Erinnerung hervor.

Ich erzählte ihm von der eitlen Kassiopeia (deutlich als großes W zu erkennen), die sich gerühmt hatte, schöner als die Töchter des Meeresgottes Nereus zu sein, und darauf von Poseidon gezwungen wurde, ihre Tochter Andromeda einem Meerungeheuer zu opfern. Zum Glück konnte aber der Held Perseus Andromeda im letzten Augenblick retten und sie dann auch praktischerweise gleich zur Frau nehmen.

Wieso Kassiopeia dann zum Sternbild gemacht wurde, hatte ich leider vergessen, dafür konnte ich Werner lückenlos die Chronologie der »Bestirnung« des großen Bären aufzählen.

Natürlich ging es mal wieder um Zeus und seine Affären.

Er hatte sich in Kallisto, eine Jagdgefährtin der Artemis, verliebt und sie geschwängert, was zu einem Sohn namens Arkas führte. Wie zu erwarten, war Hera, die Zeus-Gattin, sehr erbost und verwandelte Kallisto in eine Bärin, die durch die Wälder streifen musste.

Um zu verhindern, dass Arkas bei seinen Jagdstreifzügen seine Mutter (in Gestalt einer Bärin) hätte töten können, griff Zeus erneut ein und schleuderte sowohl Kallisto als auch Arkas in das Himmelsgewölbe, wo sie von dem Zeitpunkt an als großer und kleiner Bär am Nordhimmel kreisen.

Damit war Hera aber immer noch nicht zufrieden. Sie befahl dem Meeresgott Okeanos, den beiden Bären für immer das Bad im Meer zu verweigern. Deshalb sind die beiden Bären verurteilt, immer um den Himmelspol zu kreisen.

Ob Werner von meinen Ausführungen beeindruckt war, konnte ich im Dunkeln nicht so recht erkennen. Immerhin hatte er beflissen seine Brille hervorgeholt und seine Blicke in den Abendhimmel gerichtet. Ich war dem »Schicksal« dankbar, dass es mir gerade ein paar Wochen vorher das wunderbare Buch der griechischen Sagen in die Hände gespielt hatte, sodass ich jetzt aus dem Vollen schöpfen konnte.

Astronomische Studien

Werner hätte dieses Schicksal sicher am liebsten in die Wüste geschickt oder naheliegender: in die Weite des Universums verbannt, denn seine Begeisterung für die Kassiopeia oder das Sternbild der Bären fiel recht gedämpft aus, es machte seine Stimmung völlig zunichte.

Auch als ich auf dem Heimweg noch die Kuriosität berichtete, dass die Franzosen den großen Bären angeblich »Casserole« (Stielpfanne) nennen und damit ihre dominierenden Interessen nicht verleugnen können, konnten sich seine enttäuschten Gesichtszüge nicht mehr aufhellen.

Das »Schicksal« hatte aber auch für mich noch eine beunruhigende Tatsache im Gepäck: Meine Periode war schon seit etlichen Tagen überfällig.

Normalerweise wäre ich froh gewesen, wenn die »Frauliche Erwähltheit«, wie wir dieses Ereignis spöttisch nannten, mich noch länger verschont hätte, aber Pia – ob nun aus Rache für meinen kurzen Flirt mit Angelo oder um mich einfach nur zu necken – verunsicherte mich durch die Bemerkung, ich könnte auch schwanger sein, ich hätte ja ziemlich lange Zeit mit Werner im Mondschein verbracht.

Meinen empörten Einwand, das sei ganz unmöglich, wir hätten lediglich astronomische Studien betrieben, und ich hätte ja wohl etwas von derartigen Handlungen merken müssen, entkräftete sie durch den Hinweis auf die große Literatur.

Hatten wir nicht bei Heinrich von Kleist in seiner Novelle »Die Marquise von O.« gelesen, dass eine Frau durchaus schwanger werden kann, ohne es zu merken, wenn man ihr ein Schlafmittel verabreicht?

Sie erzählte von gewissen Tropfen, die den Willen und das Bewusstsein ausschalten können und, was das Gemeine sei, auch zu völligem Gedächtnisverlust führten.

Hatte mir Werner etwa diese Tropfen in einer Cola verabreicht? Kurz vor unserem Mondspaziergang hatte er mir das Getränk spendiert. Ich musste an Uwe von der Tanzstunde und seinen Flachmann denken.

Möglich war natürlich vieles, aber nein, Werner würde so etwas gewiss nicht getan haben! Und wenn doch?

Eine Welt würde einstürzen! Würden meine Eltern mich auch verstoßen, wie einst Petrine verstoßen wurde? Meine Schulausbildung wäre zu Ende! Niemals könnte ich Ärztin werden!

Was mich aber ganz besonders ärgerte, war die Tatsache, dass ich das entscheidende Ereignis gar nicht erleben konnte, dass ich um diese Erfahrung betrogen wurde!

Zwei volle Tage quälte ich mich mit all diesen Bedrohungen herum, dann hatte das Übel ein Ende und die »frauliche Erwähltheit« mich wieder im Griff.

Niemals vorher oder später habe ich sie so freudig begrüßt wie an diesem Tag am schönen Bodensee.

Auf dem Trip zurück in die Heimat gab es dann noch ein beeindruckendes Intermezzo: Ein freundlich lächelnder Mann im mittleren Lebensalter hatte uns an einer Autobahneinfahrt kurz vor dem Frankfurter Kreuz eingeladen, mit ihm bis Kassel zu fahren.

Das war eine beachtliche Strecke, und wir freuten uns, unserer Heimatstadt schnell näher zu kommen, denn unser Budget war durch die verlängerte Woche am Bodensee sehr zusammengeschrumpft.

Der gute Mann ließ sich aber viel Zeit und zockelte gemächlich dahin, obwohl sein Volkswagen sicher mehr hätte leisten können. Die Aussicht auf die sichere Fahrt bis Kassel ließ uns aber geduldig abwarten. Kurz hinter Frankfurt hielt er auf einem Parkplatz an der Autobahn an, um sich »die Beine zu vertreten«, wie er es nannte.

Nun, unsere Blase hatte sich auch schon gemeldet, und so waren wir froh, uns ebenfalls erleichtern zu können. Das Waldstück, das dafür vorgesehen war, konnte genügend Sichtschutz bieten, sodass wir unseren Fahrer etwas aus den Augen verloren.

Als er nach etwa einer Viertelstunde immer noch nicht wieder beim Auto erschienen war, machten wir uns vorsichtig auf die Suche.

Auf unsere »Hallo!«-Rufe erhielten wir keine Antwort. In Sorge, es könnte ihm etwas passiert sein, ein Herzinfarkt oder Ähnliches, suchten wir hinter einer dichten Hecke nach seinem Verbleib.

Vor Überraschung blieben wir ziemlich erschrocken stehen, denn im Gegensatz zu dem von uns erwarteten Invaliden präsentierte sich ein lebensfroher Nackedei.

Ich hatte zwar schon früher von Exhibitionisten gehört, aber die plötzliche Konfrontation war dennoch ein kleiner Schock.

Er stand auf einem großen Findlingsblock, die dürren Arme gen Himmel gereckt, als erbitte er sich seinen Segen. Außer seinen Socken hatte er nichts mehr am Körper. Von einer schmalen Brust ausgehend wölbte sich ein kugelrunder Bierbauch über die sonst eher intimen Teile seiner Männlichkeit, sodass die beabsichtigte Präsentation sehr darunter litt.

Pia und ich gingen spontan ein paar Schritte hinter die Hecke zurück.

Obwohl ja nun für mich einmal eine Gelegenheit gewesen wäre, das in meiner Kindheit so sorgfältig gehütete Geheimnis einer männlichen Nacktheit zu studieren, war die anerzogene Schamhaftigkeit stärker. Pia erging es wohl ähnlich, sie hatte sich aber schneller wieder gefasst und rief laut und vernehmlich: »Wenn Sie fertig sind mit Sonnenbaden, können wir dann weiterfahren? Wir möchten nämlich gern vor dem Abend in Göttingen sein!«

Diese Pia! So viel Geistesgegenwart war bewundernswert!

Die Aufforderung führte aber zum Erfolg. Noch etwas verlegen an seiner Hose nestelnd, erschien der »Exhi« – wie wir ihn später nannten – ein paar Minuten darauf mit der fadenscheinigen Erklärung, er sei ein passionierter Sonnenanbeter.

Wir hatten keine Lust, seine weiteren Passionen kennenzulernen, und verließen das Auto bei der nächsten Ausfahrt.

Bei den begeisterten Schilderungen all unserer Abenteuer nach unserer Heimkehr verschwiegen wir diese Episode wohlweislich unseren Eltern gegenüber. Wir wollten schließlich im folgenden Jahr wieder losziehen.

Heiraten?

Ein paar Monate später erhielt meine Schwester, die inzwischen geheiratet hatte, unerwartet Besuch von einem früheren Studienkollegen.

Der junge Mann namens Tobias gefiel mir sofort. Er sah nicht nur gut aus, er war auch charmant, geistreich und liebenswürdig. Es fiel mir schwer, die bekannten Botenstoffe im Zaum zu halten, zumal er offensichtlich auch an meiner Erscheinung Gefallen fand. Dass er auch etwa zwölf Jahre älter war als ich, so wie einst mein Schwarm Thomas, schien jetzt keine Rolle mehr zu spielen, denn genau wie damals vorausgeahnt hatte sich der Altersunterschied relativiert.

Rückblickend und eher prosaisch betrachtet, entwickelte sich die Beziehung nach dem üblichen Schema: Spaziergänge, Händchenhalten, Küsse, Zärtlichkeiten, die allerdings dem Begriff »Sex« schon sehr nahe kamen, ohne aber die bekannte Dominoplatte zu gefährden.

In Echtzeit betrachtet war es Verliebtheit im Bereich der vierten Dimension.

Als er bei seiner Abreise durchblicken ließ, er würde mich gern heiraten, und mich zu einem Gegenbesuch einlud, stimmte ich zumindest erst einmal dem Besuch zu.

Mit dem Heiraten hatte ich es aber nicht eilig, denn ich wollte natürlich erst das Abitur machen und auf jeden Fall das Medizinstudium vollenden.

Der Besuch war nach den damaligen moralischen Vorstellungen völlig korrekt, denn Tobias wohnte noch im Hause seiner Mutter, und diese achtete sorgfältig darauf, dass unsere Schlafzimmer weit voneinander getrennt lagen. (Es existierte zu der Zeit immer noch der Begriff der Kuppelei!)

Auch seine Mutter schien sehr interessiert daran zu sein, dass eine Heirat bald anstehen könnte.

Meine feste Haltung, was die Berufsausbildung betraf, stieß deshalb bei beiden nicht auf besondere Gegenliebe. Ich mochte Tobias wirklich gern, aber musste ich deshalb alle meine Pläne begraben? War dies das Opfer, das ich der »Liebe« bringen musste, so wie Pia und ich es uns vor langer Zeit ausgemalt hatten?

Und war das wirklich der »Blick in die gleiche Richtung«, von dem Saint-Exupéry gesprochen hatte?

Bei meinem Umblicken innerhalb der Wohnung entdeckte ich schon bald etwas, das mich stutzig machte: so albern es klingen mag, aber der Anblick von einem Paar Filzpantoffeln unter dem Sofa versetzte mich geradezu in Panik. Wäre das mein zukünftiges Leben? In Filzpantoffeln?

Ich war 17 Jahre alt, hatte gerade damit angefangen, mit Pia ein kleines Stückchen der Welt zu erobern! Was alles wartete noch auf mich? Was würde aus dem grenzenlosen Freiheitsgefühl werden, das wir auf unserer Tour genossen hatten?

Nein, ich konnte unmöglich jetzt schon heiraten! Auch nicht in naher Zukunft!

War das wirklich Liebe, wenn ich so reagierte? Ich war doch fest davon überzeugt gewesen, Tobias zu lieben!

Beim Abschied wurde das Thema Heirat nicht erwähnt, zumindest blieb aber die Möglichkeit für spätere Zeiten offen.

Italien!

Die intensive Trainerarbeit meines Bruders zeigte nach einiger Zeit Erfolge: Bei einem Schulsportfest konnte ich die höchste Punktzahl beim Dreikampf in der Leichtathletik erzielen und bekam als Siegesprämie ein Buch mit dem Titel »Vor der Tür beginnt die Welt«. Die Geschichte, die darin erzählt wurde, spielte in Italien in der Nähe von Genua an der italienischen Riviera und begeisterte mich durch die Darstellung der frohen Lebensart und die Beschreibung der Schönheiten. Ich las fast die ganze Nacht hindurch, bis ich das Buch beendet hatte, und wäre am liebsten gleich dorthin aufgebrochen.

Ein verwegener Plan reifte in den frühen Morgenstunden in meinem Kopf: Meine Eltern machten Urlaub in Italien, ganz in der Nähe von Genua!

Wie wäre es wohl, wenn ich sie plötzlich überraschte?

Die Herbstferien sollten zwei Tage später beginnen. Offiziell könnte ich vorher »krank« werden, sodass die Möglichkeit bestand, noch fast eine Woche mit meinen Eltern in Italien zu verbringen.

Zufällig war gerade Besuch aus dem süddeutschen Raum bei uns. Die Gäste boten an, mich ein tüchtiges Stück nach Süden mitzunehmen. Bis in die Schweiz könnte ich dann per Autostopp vorankommen, anschließend mit dem Zug weiterreisen, weil das Trampen nach dem, was ich von den heißblütigen Italienern gehört hatte, mir in Italien doch ein wenig zu riskant erschien. Ich hatte 100 DM gespart, das Geld wäre wunderbar angelegt!

Die Idee wuchs sich im Laufe des Tages zu einer alles beherrschenden Vorstellung aus.

Meine Tante, die in Abwesenheit meiner Eltern dem Haushalt vorstand, hatte auch keine schwerwiegenden Einwände, und Onkel Kitti, der gerade mal wieder nach seiner kleinen »Madame« geschaut hatte, war begeistert, riet mir jedoch, für die Strecke per Autostopp auf jeden

Fall ein Röhrchen Pfeffer mitzunehmen, falls jemand aufdringlich werden sollte. Ich sollte den Pfeffer dann ganz gezielt in die Augen des Betreffenden pusten.

So rollte ich also am nächsten Tag bereits sehr früh schon gen Süden und hatte Glück, mehrere Mitfahrgelegenheiten bis Thun in der Schweiz zu finden, ohne von dem Röhrchen Gebrauch machen zu müssen.

Den Abendzug Richtung Mailand erreichte ich gerade noch rechtzeitig, denn ich wollte dort in der Jugendherberge übernachten.

Entspannt genoss ich die Zugfahrt durch die aufregende Landschaft und versuchte Kontakt zu den jungen mitreisenden Italienern aufzunehmen, vielleicht wussten sie ja, wie man am besten zur Jugendherberge in Mailand kam. Sie beruhigten mich in sehr mediterranem Englisch, dass es am Bahnhof Mitarbeiter von der Bahnhofsmission gäbe, die sicher weiterhelfen könnten.

Als sich der Zug dem Lago Maggiore näherte, war nur noch ein junger Mann im Abteil. Er versuchte mir die wichtigsten italienischen Ausdrücke für meine Suche nach den Helfern beizubringen, und ich war guten Mutes.

Inzwischen war es draußen dunkel geworden. Man konnte den See nur ganz schemenhaft erkennen. Dem Vorschlag des jungen Mannes, doch mal kurz das Licht auszumachen, damit man das Lichtermeer um den See besser sehen könne, folgte ich deshalb ohne Argwohn. Kaum hatte ich jedoch auf das faszinierende Bild geschaut, wurde ich von der stürmischen Umarmung des jungen Mannes überrumpelt, der immer nur »Un bacio, un bacio!« oder etwas Ähnliches hervorstieß.

Bei ähnlichen Überfällen hatte ich ja zum Glück schon als Kleinkind Abwehrreaktionen entwickelt und konnte ihn reflexartig zurückstoßen. Der in Bruchteilen von Sekunden von mir betätigte Lichtschalter machte darauf dem Spuk ein Ende, und ohne Schutz der Dunkelheit war von »bacio« zu meiner Erleichterung nicht mehr die Rede. Immerhin hatte ich ja noch das Pfefferröhrchen, aber dass ich es in einem öffentlichen Verkehrsmittel hätte anwenden müssen, wäre mir vorher nie in den Sinn gekommen!

Auf dem Mailänder Bahnhof waren natürlich keine Helfer der Bahnhofsmission zu finden, denn der Bahnsteig glich einem Ameisenhaufen aus Menschen, die laut und wild gestikulierend einander begrüßten.

Ich heftete mich an die Fersen eines Deutschen mit Rucksack, der ebenfalls die Jugendherberge suchte, und fühlte mich so behütet vor weiterer südlicher Leidenschaft.

Am nächsten Morgen bestieg ich den Bus, der mich zu dem kleinen Ort an der Riviera bringen sollte. Meine Aufregung und Vorfreude auf die Gesichter meiner Eltern, wenn ich plötzlich dort auftauchen würde, war nicht zu übertreffen.

Als ich die Pension gefunden hatte, die mir als Adresse vorlag, wunderte ich mich, dass kein mir bekanntes Auto davor abgestellt war, vermutete aber, meine Eltern hätten vielleicht einen Ausflug gemacht. Bei der Nachfrage in der Rezeption erhielt ich jedoch die niederschmetternde Auskunft, meine Eltern seien am Morgen desselben Tages wieder nach Deutschland abgereist.

Eben noch in höchster Spannung und Vorfreude, fand ich mich innerhalb weniger Sekunden auf dem tiefsten Punkt der Enttäuschung wieder.

Was sollte ich jetzt tun? Ich hatte noch 50 DM Barschaft, konnte kaum ein Wort Italienisch und war hungrig, denn ich hatte in Aussicht auf ein üppiges Wiedersehensmahl den ganzen Tag noch nichts gegessen.

Es war einfach ein Schock, dem meine Tränendrüsen nicht gewachsen waren.

Die rundliche »Patrona« konnte wohl meine Verzweiflung verstehen, denn sie nahm mich wie ein kleines Kind in die Arme und tröstete mich mit vielen »O, madonna!!« und »Cara povera!!« sowie einer halben Pizza, die noch vom Mittagessen übrig geblieben war.

So erneut gestärkt, forschte ich auf meiner Karte nach der nächstliegenden Jugendherberge, denn eine Übernachtung in der Pension hätte mich an den Rand meiner Barschaft gebracht – und so mitfühlend war die Patrona nun auch wieder nicht, dass sie mir preiswerte Unterkunft gewährt hätte.

Finale Ligure erschien deshalb als rettende Lösung. Der Ort war leicht mit einem Bus zu erreichen, und die Jugendherberge hatte noch Plätze frei.

Nach den Strapazen der langen Reise und den seelischen Erschütterungen musste ich mir unbedingt etwas Schönes gönnen und ging deshalb am Nachmittag an den Strand hinunter.

Es herrschte immer noch eine angenehme Temperatur, obwohl der Oktober vor der Tür stand. Die Sonne hatte den weißen Sand sogar so aufgeheizt, dass ich nach längerem Ausruhen darauf große Lust verspürte, ins Wasser zu gehen.

Doch was sollte ich unterdessen mit meinen Habseligkeiten machen? Immerhin hatte ich mein gesamtes Vermögen von fast 50 DM bei mir, weil ich es auch nicht gern in der Jugendherberge lassen wollte.

Am Strand waren nicht sehr viele Menschen. Eine Gruppe von jungen Leuten fiel mir in der Nähe auf, denn ich glaubte ein paar Worte Deutsch vernommen zu haben.

Als ich sicher war, dass es sich um Landsleute handelte, fragte ich, ob sie wohl kurz auf meine Sachen aufpassen könnten.

Das war der Beginn einer der fröhlichsten Wochen dieser Lebensphase.

Es stellte sich heraus, dass auch alle in der Jugendherberge wohnten und noch ein paar Tage in Finale Ligure bleiben wollten. Außer einem Pärchen aus Hamburg, Stefan und Wiebke, lernte ich noch Ian aus Irland kennen, außerdem einen kauzigen Holländer, den alle aus unerklärlichen Gründen »The Admiral« nannten, Mary kam sogar aus dem unendlich fernen Australien und Astrid aus Schweden, John aus England und Isa und Beatrix aus Österreich.

Wenn die Kommunikation auch meistens nur auf Englisch erfolgen konnte, war die Vertrautheit sofort sehr groß, und die Unbeschwertheit der Jugend ließ alle kleinen und großen Probleme vergessen.

Da alle mehr oder weniger mit finanziellen Engpässen zu kämpfen hatten, ernährten wir uns hauptsächlich von Spaghetti und Baguette-Brot, dafür durften dann am Abend die gemeinsam geleerten Flaschen Chianti nicht fehlen.

Mit Vorliebe fanden diese Genüsse auf dem Marktplatz von Finale statt, und zwar in kreisförmiger Anordnung der Teilnehmer direkt auf den Pflastersteinen. Das erregte das Missfallen einiger Anwohner. Vielleicht fühlten sie sich durch unsere mit Gitarre begleiteten Gesänge belästigt, vielleicht störte sie auch das häufige Gelächter – auf jeden Fall machten sie ihrem Zorn Luft, indem sie einen Kübel Wasser von oben auf unsere Köpfe kippten. Das konnte uns unsere Stimmung aber nicht vermiesen, dann zogen wir eben um!

Im Laufe der nächsten Tage wurden wir sogar zu einer gewissen Attraktion für die Einheimischen, denn wir sangen nicht nur gemeinsam Volkslieder unseres jeweiligen Heimatlandes, sondern unterhielten das Publikum auch mit Tanzeinlagen wie Rock 'n' Roll oder lustigen pantomimischen Darbietungen, bei denen ich auf meine frühere Ausbildung als passionierte Ausdruckstänzerin zurückgreifen konnte. Wenn der »Admiral« dann anschließend mit seinem Hut herumgegangen war, konnten wir uns eine weitere Flasche Chianti leisten und manchmal sogar einen ganzen Korb voll köstlicher Trauben.

Dass ich überhaupt noch an diesen Vergnügungen teilnehmen konnte, verdankte ich Stefan und Wiebke. Als sie von meinem Pech mit der Überraschung vernommen hatten und ich mich am nächsten Tag wieder auf den Heimweg machen wollte, boten sie mir an, ich könnte 100 DM von ihnen leihen, sie hätten ein Postsparbuch und könnten im Notfall jederzeit Geld abheben. Das fand ich außergewöhnlich hilfsbereit, zumal sie mich ja gerade erst kennengelernt hatten! Um ihr Vertrauen nicht zu sehr zu strapazieren, zeigte ich ihnen meinen Pass und gab ihnen meine Adresse. Ihre Großzügigkeit war jedoch so erstaunlich, dass ich sie bis heute nicht vergessen habe.

Als Erstes schickte ich ein Telegramm an meine Eltern, dass ich, obwohl sehr enttäuscht über ihre Abreise, wohlauf sei und dass ich noch ein paar Tage in Finale bleiben würde, sie sollten sich keine Sorgen machen.

Dann stürzte ich mich mit meinen neuen Freunden ins bereits geschilderte Vergnügen mit viel Sonne, Meer, Spielen und langen Diskussionen.

Wir waren uns alle einig, dass es kaum zu glauben war, dass die Generation unserer Eltern sich vor nicht mehr als 15 Jahren gegenseitig umgebracht hatte, und dass so ein schrecklicher Krieg niemals wieder vorkommen dürfe!

Ein Wetterumschwung mit Kälteeinbruch und Regen machte dem schönen Leben dann leider ein Ende. Außerdem musste das Problem der Heimreise gelöst werden.

Der »Admiral« war mit einem Motorroller unterwegs und bot mir an, mich in Richtung Niederlande ein Stück mitzunehmen. Er wollte an der Küste entlang nach Frankreich hinüber fahren und dann das Rhône-Tal hinauf. Damit wäre der Anfang schon einmal gemacht.

So schön ich mir die Rollerfahrt am Mittelmeer ausgemalt hatte, so enttäuschend war die Realität, denn es war zu kalt geworden und der Weg einfach zu weit. Völlig durchgefroren und erschöpft erreichten wir am Abend Nizza.

In der Jugendherberge lernte ich Astrid kennen, eine Studentin der Pharmazie. Sie wollte nach Paris und war auch froh, eine Partnerin für den Weg bis Lyon gefunden zu haben.

Ein wenig mulmig war mir schon in der Magengegend, als es hieß, allein weiterfahren zu müssen. Doch ein junges Ehepaar nahm mich mit und lud mich sogar zu einem Picknick am Straßenrand ein. Ich hatte das Glück, eine Brombeerhecke zu entdecken, sodass ich auch eine Köstlichkeit beisteuern konnte. Wir verstanden uns gut trotz meines etwas holperigen Schulfranzösischs. Die junge Frau erwartete ein Baby und meinte, ich könne doch vielleicht als Au-pair-Mädchen zu ihnen kommen, wenn das Baby auf der Welt sei. Ein verlockendes

Angebot! Nur was sollte dann aus meinen anderen Plänen werden? Da man ja aber nie etwas genau wissen konnte, nahm ich ihre Adresse und Telefonnummer dankbar entgegen.

Auch die folgenden »Lifts« waren unproblematisch, sodass ich die Jugendherberge kurz vor Besançon noch vor der Dunkelheit erreichte.

Französische Jugendherbergen hatten zu der damaligen Zeit nicht den besten Ruf, was mich aber dort erwartete, übertraf meine schlimmsten Vorstellungen. Nicht nur, dass der Herbergsvater mich mürrisch empfing (vermutlich, weil ich als einziger Gast seine Freiheit beschränkte), auch das Anwesen selbst machte einen abschreckenden Eindruck mit viel Müll und Schmutz. Außerdem waren die Räume kalt und zugig, und mein empfindlicher Geruchssinn revoltierte heftig beim Betreten der Küche.

Schleunigst machte ich mich zu Fuß auf den Weg in die Innenstadt, um mir noch etwas zum Abendessen zu besorgen. Die lebhafte von vielen Studenten geprägte Atmosphäre dort versöhnte mich mit den Unbilden meiner nächtlichen Unterkunft.

Auf dem Rückweg hatte ich ein ganz ungewöhnliches Erlebnis, das ich bis heute nicht richtig einordnen kann, denn alle Tatsachen sprachen eigentlich gegen das große Gefühl der Freude, das mich plötzlich überkam: Ich war allein, noch etwa 800 Kilometer von meinem Ziel entfernt, hatte gerade noch 10 DM für den Rest der Reise, meine Abendmahlzeit bestand aus Kostengründen aus rohen Möhren, es war kalt und regnerisch, mich erwartete ein Nachtlager, das ich sicher nicht ohne juckende Stiche verlassen würde, und eine sehr ungewisse Heimfahrt stand mir bevor – und trotz allem hatte ich das Gefühl, vor Glück bersten zu müssen. So ähnlich muss es sich anfühlen, wenn man eine Glücksdroge genommen hat. Aber es gab keine Droge und eigentlich auch kein Ereignis, das diesen Überschwang ausgelöst haben könnte. Er war einfach da und ließ mich durch den Nieselregen tänzeln. Kürzlich habe ich gelesen, dass die moderne Psychologie so einen Zustand als »Flow« bezeichnet, ein Glücksgefühl ohne ersichtlichen Grund.

Leider war der Flow am nächsten Morgen sehr zusammengeschrumpft, denn lange wollte an der Straße nach Straßburg kein Auto halten.

Der ältere Mann, der mich dann später nach meinem Fahrtziel fragte, vermittelte mir ein vertrauenswürdiges Gefühl und ließ mein Herz höherschlagen, als ich hörte, dass er mich bis nach Straßburg mitnehmen wollte. Er stammte aus dem Elsass, sodass wir uns auch auf Deutsch verständigen konnten. Als Weinhändler war er schon weit herumgekommen und kannte auch die Riviera und ganz Italien.

Ich erzählte ihm von meinem Pech mit dem Überraschungs-Coup, von Finale und unseren abendlichen Tanz-und Gesangseinlagen, überhaupt von allem, was ich auf der Reise erlebt hatte.

Amüsiert hörte er meinen Geschichten zu und kam dann sehr bald auf das in Frankreich so dominante Thema »Amour« zu sprechen. Da er in meinen 18-jährigen Augen »alt« war – also etwa zwischen 55 und 65 Jahren – und deshalb als potenzielle Bedrohung auszuschließen, gab ich auf seine Frage, ob ich denn gar keine Angst vor Zudringlichkeiten hätte, unbesonnen meine Geheimwaffe, mein Pfefferröhrchen, preis.

Höflich wies er mich darauf hin, dass ich damit wohl eine Dummheit begangen hätte, wäre er nicht so ein zurückhaltender und verständnisvoller Mensch.

Mit der Zurückhaltung wurde es aber in der Höhe von Belfort schon problematisch, denn er fragte mich frech aus, ob ich noch Jungfrau sei. Als ich mir empört derlei Fragen verbat, versuchte er es mit ein paar Schmeicheleinheiten: ich sei wie ein ungeschliffener Diamant, ich solle doch mal die Brille abnehmen, meine Augen seien ja unglaublich grün, wie bei einer Nixe. Auch sollte ich diese unförmigen Kleidungsstücke, die ich am Körper trug, möglichst schnell auswechseln, warum versteckte ich meine Weiblichkeit? Diesmal verriet ich ihm nicht, dass sowohl die Brille als auch die biederen Bekleidungssachen meinen persönlichen Schutz erhöhen sollten.

Als wir uns Mulhouse näherten, fuhr er stärkere Geschütze auf: er wolle mir Paris zu Füßen legen, ich müsse nur zustimmen. In der »Notre-Dame« wolle er den Himmel anrufen und schwören, dass er mich in dem luxuriösen Hotel, das er geschildert hatte, nicht anrühren würde. Zum Schluss erklärte er sich sogar bereit, mich in der Pariser Jugendherberge schlafen zu lassen, wenn ich ihm in Paris nur Gesellschaft leisten würde.

Ich versuchte, den Avancen auf einer humorigen Ebene zu begegnen, konnte ihn aber nur schwer von seinen Gedanken ablenken. Als Rettungsanker tauchte plötzlich das Hinweisschild »Colmar« auf. War da nicht der berühmte Altar von Matthias Grünewald?

Ja, das war eine Lösung! Ich würde darauf bestehen, den Altar sehen zu wollen, das würde ihn sicher langweilen und er würde allein weiterfahren.

Doch weit gefehlt! Als ich nach knapp zwei Stunden das Museum verließ, wartete immer noch ein augenzwinkernder Weinhändler auf mich. Bei so viel Geduld konnte ich seine Einladung, mich bis Straßburg mitzunehmen, einfach nicht ausschlagen.

Dagegen musste ich kurz vor Straßburg einen letzten Versuch abwehren: er wolle mich heiraten!! Ich müsse nur ja sagen!

Ich erklärte ihm, dass ich vorläufig weder ihn noch jemand anderen heiraten und auf schnellstem Weg meine Heimat erreichen wolle.

Als er sich vor der großen Rheinbrücke nach Kehl von mir verabschiedete, drückte er fest meine Hände, wünschte mir einen Schutzengel für den Rest meiner Reise und versicherte mir, meine Eltern könnten stolz auf mich sein.

Bei der letzten Bemerkung war ich mir nicht so sicher; wahrscheinlicher war, dass sie mir gehörig die Leviten lesen würden.

Der Schutzengel aber begleitete mich am folgenden Tag tatsächlich bis vor die Haustür, und meine Eltern waren so froh, mich gesund und munter wiederzusehen, dass sie die Strafpredigt auf ein Minimum verkürzten. Mein Vater konnte sogar einen gewissen Stolz nicht verbergen, als er verlauten ließ, schon als ganz kleines Baby, gleich nach der Geburt, hätte ich einen Ausdruck im Gesicht gehabt, der besagte: »Ich werde es schon schaffen!«

Bei dieser Äußerung spürte ich einen »Mini-Flow« durch meine Adern rauschen. Ich hatte es tatsächlich geschafft!!

Ganz anders fiel die Reaktion von Tobias aus, als er von meinem abenteuerlichen Trip hörte. Weder die begeisterte Schilderung des Aufenthalts in Finale noch die Erfahrung des »Flows« machten Eindruck auf ihn. Als ich ihm das Verhalten des Weinhändlers mit viel ironischem Beiwerk schilderte, drückten seine Gesichtszüge unverhohlenes Missfallen aus.

Wie konnte ich mich nur in diese Gefahr begeben? Wüsste ich nicht, was alles hätte passieren können? Ich sei leichtsinnig, unreflektiert und gebe zu schnell spontanen Impulsen nach.

In gewisser Weise hatte er natürlich recht, ich hatte viel Glück gehabt, denn das Abenteuer hätte auch anders ausgehen können – das wusste ich auch.

Im Überschwang meiner »Leistung« und mit dem erworbenen Reichtum des Erlebten konnte ich darauf nur antworten, dass es zwei Sprichwörter in dem Zusammenhang im Deutschen gebe, nämlich: »Wer sich in Gefahr begibt, kommt darin um!«, und: »Dem Mutigen gehört die Welt!«

Noch würde ich zu dem zweiten tendieren, denn die Welt wollte ich erst einmal kennenlernen (ehe ich mich den Filzpantoffeln verschrieb). Den letzten Nebensatz habe ich natürlich nicht ausgesprochen, aber im Stillen gedacht.

Vorläufig war dann von »Hochzeit« nicht mehr die Rede.

Ein halbes Jahr später begann ich mein Studium in Tübingen.

Tübingen

Mein Zimmer in der Tübinger Altstadt hatte zwar eher die Größe einer komfortablen Hundehütte, kam aber meinem romantischen Empfinden sehr entgegen. Aus dem kleinen, in die Dachfläche vorgebauten Fenster konnte man über die verschachtelten Dächer der alten Häuser blicken, die alle mit Schieferplatten bedeckt waren und sicher schon das Mittelalter erlebt hatten.

Zwei Drittel der Zimmerdecke wurden von der Dachschräge ausgefüllt, unter die man das Bett gestellt hatte, sodass es die ganze Breite des Raumes einnahm. Es war sehr gemütlich, unter diesem Baldachin zu liegen, nur musste man gewaltig aufpassen, wenn man sich beim Aufstehen nicht den Kopf stoßen wollte.

Am Fußende des Bettes war ein Bücherregal angebracht, das man jedoch vorsichtshalber nur in Bauchlage erreichen konnte. Ein Schrank an der etwa einen Meter breiten geraden Wandfläche neben der Tür und ein rundes Tischchen mit einem Stuhl vervollständigten die Möblierung.

Alles in allem war das Zimmer etwas gewöhnungsbedürftig, dafür lag es aber fast im Zentrum der Stadt und alle Ausbildungsstätten waren zu Fuß zu erreichen. Außerdem hatte es noch einen ganz besonderen Vorteil: Es war sensationell preiswert. Für 45 DM im Monat hatte ich zwar nur ein spucknapfgroßes Waschbecken in einer Zimmerecke, dafür aber fließendes – wenn auch nur kaltes – Wasser.

Da die Miete einen gewissen finanziellen Spielraum ermöglichte, gönnte ich mir jeden Samstag ein Wannenbad in einem öffentlichen Badehaus für 1 DM und stellte mich anschließend ans Ende der Schlange von Studenten, die vor einer Telefonzelle darauf wartete, Kontakt mit der Heimat oder mit Freunden zu halten. Samstagabend und Sonntag waren nämlich die Telefontarife besonders günstig, das musste man ausnutzen.

Die Generation der Handy-Nutzer kann dabei sicher nur schmunzeln.

Regina

Bevor man als Student der Medizin die höheren Weihen der klinischen Ausbildung am Patienten erlangen konnte, musste zunächst einmal das naturwissenschaftliche Repertoire aufgefrischt werden. Bis zu einer Zwischenprüfung war es deshalb notwendig, sich mit Physik, Chemie, Botanik und Zoologie zu beschäftigen. Dabei eröffneten sich mir unerwarteterweise ganz neue Dimensionen.

Niemals hätte ich mir während der quälenden Physikstunden in der Schulzeit träumen lassen, dass ich einmal eine Stunde anstehen und mir mit viel Energie und Einsatz meiner Ellenbogen den Zutritt zu einer Vorlesung in genau diesem Fach verschaffen würde.

Es war aber auch nicht irgendeine Vorlesung, sondern Herr Professor Kristen hielt sie und konnte damit nicht nur mich in seinen Bann schlagen.

Sowohl sein Charisma wie auch seine humorvolle und pädagogisch herausragende Lehrmethode vermochten jeden zu begeistern. Mit ein paar Skizzen an der Tafel konnte er die schwierigsten Zusammenhänge darstellen und den Bezug zu alltäglichen Phänomenen zeigen. Zum Vergnügen der Anwesenden ließ er es bei seinen Experimenten häufig auch knistern, blitzen oder krachen – mit einem Wort: Professor Kristen musste man erleben!

Rückwirkend betrachtet hätte es sich gerade für einen angehenden Mediziner eigentlich nicht geziemt, sich mit Ellenbogengewalt den Weg in den Hörsaal frei zu machen, aber auf der anderen Seite ist »das Recht des Stärkeren« in der Biologie sehr häufig anzutreffen, und schließlich war Professor Kristen ja eine Ausnahmeerscheinung!

So wurde also beim Einlass in den Hörsaal heftig gedrängelt, geschoben und eben auch mit Ellenbogen gekämpft. Die ersten, die hereingestürmt waren, belegten gleich mehrere Reihen Sitzplätze für ihre Freunde mit allen Utensilien, die sie zur Verfügung hatten, und manchmal war schon nach ein paar Minuten kein einziger Platz mehr frei.

Ich hatte mir bald eine besondere Taktik überlegt und steuerte gleich auf eine erhöhte Fensterbank zu, die man allerdings nur mit fremder Hilfe erklimmen konnte. Schnell konnte ich eine Mitsuchende dafür gewinnen, dass wir uns gegenseitig dort hinaufhieven könnten. Sie hieß Birgit und war sofort dazu bereit. Etwas erschöpft von der ungewohnten Anstrengung, genossen wir dann von oben das Getümmel im Saal, der von lauten Rufen und Palaver erfüllt war. Sogar sämtliche Treppenstufen waren inzwischen besetzt und der Lärmpegel kaum zu überbieten.

Schlagartig wurde es mäuschenstill: Professor Kristen war eingetreten. Er war jedoch nicht der alleinige Urheber der fast andachtsvollen Stille. Gleichzeitig mit seinem Erscheinen öffnete sich am oberen Ende des Saales noch einmal die Tür und »Regina« blieb dahinter stehen. Sie blickte sich unschlüssig in der Runde um. Obwohl sie eigentlich ganz anders hieß, nannte ich sie sofort Regina – die Königin –, denn ihr Auftritt wirkte wahrhaft königlich. Ihre langen blonden Haare fielen zu beiden Seiten des fein geschnittenen Gesichts bis über die Schultern hinab. Ihre dezente Kleidung – weiße Bluse, enger blauer Rock, Ballerinas – unterstrich die Eleganz ihrer Bewegungen, als sie mit ihren langen Beinen über »das Volk« auf der Treppe hinabstieg, denn Professor Kristen hatte sie hereinkommen sehen und gleich auf seinen neben dem Vortragspult stehenden Stuhl gedeutet: »Kommen Sie nur, hier ist noch ein Platz für Sie!«

Was für eine Ungerechtigkeit der Welt gegenüber den Kämpfenden und Taktikern!

Was hätten Birgit und ich dafür gegeben, dort sitzen zu dürfen!

Unser Neid erlebte jedoch noch eine Steigerung, als Professor Kristen verlauten ließ: »Das passt gut, Sie können mir assistieren!«

Er hatte einen Versuch vorbereitet, der eine Kettenreaktion veranschaulichen sollte.

Auf einem großen Tisch hatte er etwa 50 aufgespannte Mausefallen aufgestellt. Auf jeder Mausefalle lag ein Tischtennisball. Eine Berührung der Mausefalle würde diese zuschnappen lassen und damit den Tischtennisball in die Höhe katapultieren, erklärte Professor Kristen.

Der hochgeschleuderte Tischtennisball würde auf eine andere Mausefalle treffen und dort denselben Effekt auslösen, so lange, bis alle Mausefallen getroffen und damit alle Tischtennisbälle hochgeschleudert wären. Als Berührungsauslöser sollte ein einziger Tischtennisball auf das System geworfen werden.

Und wer durfte diesen Ball werfen? Natürlich Regina!!

Sie löste also mit Bravour diese Kettenreaktion aus, bei der das Prasseln der Tischtennisbälle und das Zuknallen der Mausefallen in wenigen Sekunden beendet waren.

Eine beeindruckende Demonstration!!

Birgit und ich verdrängten die Tatsache, dass das Ganze den Ablauf der schrecklichsten Erfindung unserer Zeit veranschaulichte, völlig. Viel wichtiger war uns im Augenblick, dass Regina diese Kettenreaktion ausgelöst hatte, und es war mit Sicherheit nicht die letzte, bei der sie den entscheidenden Ball geworfen hatte.

Zur nächsten Vorlesung bei unserem Idol trug Birgit statt der bislang favorisierten Jeans einen engen Rock und ich verblüffte sie mit nagelneuen Pumps mit kleinem Absatz.

Trotz der gehobenen Aufmachung bot uns Professor Kristen keinen Stuhl an, und das Erklettern unserer erhöhten Fensterbank erwies sich dank der Verschönerungen als sehr erschwert.

Testate

Das Studium stellte uns aber noch vor ganz andere Herausforderungen als das Erkämpfen eines Sitzplatzes, was wir vor allem beim sogenannten Präparierkurs merkten.

Allein schon der erste Schritt in den großen weiß gekachelten Saal kostete einige Überwindung, denn dort waren auf sechs Tischen ebenso viele männliche nackte Leichen aufgebahrt. Ein Übelkeit erregender Geruch erfüllte den ganzen Raum. Er kam von dem Wirkstoff Formalin, mit dem man die Leichen fixiert hatte, um sie vor der raschen Verwesung zu bewahren.

Zwar hatte ich meine Großmutter schon als Tote gesehen, aber dieser Anblick der zahlreichen toten Körper jagte mir doch einen Schauer über den Rücken.

Meine Großmutter war bekleidet gewesen, und man hatte das Gefühl, sie sei eben friedlich eingeschlafen, während diese nackten Leiber mich eher an Szenen aus einem Horrorfilm erinnerten.

Nachdem man in Gruppen den einzelnen Leichen zugeteilt war und sich zaghaft dem beunruhigenden Objekt genähert hatte, demonstrierte ein Assistent mit einem raschen Schnitt durch die Haut des Brustkorbs, was wir zu tun hätten. Dieser erste Schnitt war für mich schwer anzuschauen, eröffnete aber bald Perspektiven, die meinen Forscherdrang wachriefen. Nachdem wir nach ein paar Tagen Schicht um Schicht vorsichtig abgetragen hatten, verlor der Leichnam seine Identität als Mensch und wurde zum »Präparat«, zum Studienobjekt. Es wurde wichtiger, den Verlauf eines Gefäßes zu verfolgen, als darüber zu grübeln, wie dieser Mensch wohl gelebt haben mochte.

Zum Grübeln blieb ohnehin nicht viel Zeit, denn es musste unglaublich viel gelernt werden.

Niemals vorher hatte ich mir klargemacht, aus wie vielen Bauteilen so ein Körper aufgebaut ist und wie diese alle miteinander zusammenhängen.

Böse Zungen behaupten gelegentlich, im Medizinstudium müsse man quasi nur ein Telefonbuch auswendig lernen. Was die Menge an Namen und Begriffen betrifft, die Voraussetzung für weitere Studien sind, so mögen sie recht haben, wenn sie das Telefonbuch von Hamburg oder München zugrunde legen.

Dieses erworbene Wissen wurde regelmäßig abgefragt. Immer wenn ein Körperteil vollständig präpariert war, gab es ein »Testat«, das je nach Prüfer glimpflich oder vernichtend ausfiel und im letzteren Fall wiederholt werden musste.

Mein Prüfer, Herr Dr. G., war mir sehr gewogen, weil wir uns auf einer Studentenparty einmal über klassische Musik unterhalten hatten. Er spielte Orgel und war vor allem von Johann Sebastian Bach begeistert. Dank der Wunschkonzerte im Radio kannte ich mich auch recht gut aus und konnte seine Begeisterung teilen.

Immer wenn seine Zeit als Assistent bei der Sektion es zuließ, kam er darauf an meinen Tisch und wollte über Musik (oder andere Dinge?) mit mir reden, selbst wenn ich gerade dabei war, das Bauchfell freizulegen.

So praktisch diese Bekanntschaft im Hinblick auf meine Testate war, so lästig war mir sein häufiges Erscheinen, denn seine Lockstoffe ließen mich ziemlich unberührt und außerdem hatte ich eher ein Auge auf Martin geworfen.

Martin war auch auf der Party gewesen und hatte wunderbar mit mir getanzt. Er war groß, ein wenig schlaksig und reich an entwaffnendem Charme.

Mein Belohnungszentrum wurde offensichtlich in seiner Nähe nur so von Botenstoffen befeuert, denn ich hatte kaum noch Augen und Interesse für den Verlauf der Herzkranzgefäße, wenn er mir vom Nachbartisch ein betörendes Lächeln herüberschickte.

Das blieb natürlich auch Herrn Dr. G. nicht verborgen. Er erschien jetzt noch öfter »zur Beratung« an meiner Seite, so als wolle er sich mit Nachdruck in Erinnerung bringen.

Eines Tages stellte er, leicht errötend, die Frage, ob ich nicht Lust hätte, am nächsten Sonntag die Aufführung von Bachs Matthäuspassion mit ihm zusammen zu erleben.

Die Aufführung hätte mich schon sehr gereizt, aber was versprach sich Dr. G. wohl von der Einladung? Was auch immer es sein würde, ich wollte keine Verpflichtungen, ich wollte mit Martin zusammen sein, da musste selbst Johann Sebastian zurückstecken.

Ich stammelte also nicht sehr überzeugend eine Entschuldigung, dass ich leider keine Zeit hätte, weil meine Schwester zu Besuch käme. Die Enttäuschung im Gesicht von Herrn Dr. G. verursachte aber nur vorübergehend bei mir ein schlechtes Gewissen, denn Martin blitzte mir mit einem Augenzwinkern zu, dass unsere Verabredung am Nachmittag sicher sei.

Es war natürlich schicksalhaft, dass Herr Dr. G. uns gerade am Sonntag bei unserem gemeinsamen Bummel begegnete, als wir Hand in Hand die ersten Vertraulichkeiten zu tauschen wagten.

Das nächste Testat konnte ich zu meiner großen Enttäuschung nicht bestehen. Hatte ich zu viel Aufmerksamkeit auf Martin gerichtet, oder war da vielleicht noch etwas anderes im Spiel?

Herr Dr. G. war auf jeden Fall unerbittlich.

Die Scham über mein Versagen hielt nicht besonders lange an, denn Martin konnte mich sehr rasch überzeugen, dass ich bei der Wiederholung bestimmt gut abschneiden würde, wenn er fleißig mit mir übte.

Nun, wir übten nicht nur die Eselsbrücken, die Generationen von Medizinstudenten anwenden, wenn sie zum Beispiel die Namen und die Reihenfolge der Handwurzelknochen auswendig lernen (»Ein Schifflein fuhr im Mondenschein ums Dreieck und ums Erbsenbein, vieleckig groß, vieleckig klein, beim Kopf, da muss ein Hammer sein«), sondern fuhren tatsächlich im Mondenschein mit einem Kahn auf dem Neckar, ohne große oder kleine Erbsen zu zählen, und ließen den Kopf und den Hammer ganz außen vor.

Wir machten Wanderungen in der wunderschönen Umgebung, genossen gemeinsam die Konzerte in der Stiftskirche (möglichst ohne von Dr. G. bemerkt zu werden), lasen gemeinsam Tolstoi oder Dostojewski, »die Russen«, die nach dem Feindbild meiner Großmutter immer noch als »Hunde« in meinem Kopf herumgegeistert hatten. Wir begeisterten uns für archäologische Ausgrabungen und planten ernsthaft eine Reise nach »Petra« – einem kurz zuvor entdeckten Heiligtum in Jordanien.

Ich hatte das Gefühl, dass wir wirklich beide in die gleiche Richtung blickten, so wie Saint-Exupéry es beschrieben hatte.

Der Sommer verging wie ein rauschendes Fest, trotz Testaten und entsprechendem Lernpensum, und das Glücksgefühl der Zweisamkeit, das mit Zärtlichkeiten immer aufs Neue genährt wurde, ließ den Gedanken aufkommen, dass Martin vielleicht der Mann für den Rest meines Lebens und der Vater meiner Kinder sein könnte.

Ich dachte an die einstigen Ratschläge meiner Großmutter und die »Dominoplatte«, die immer noch fest einbetoniert war und deren Sturz meiner Ansicht nach längst überfällig war.

Auch Martin hatte wohl ähnliche Gedanken, wenn er meinte, vor unserem Aufbruch nach Petra sollten wir uns verloben.

Wieder einmal war ein Faschingsfest entscheidend für mein weiteres Schicksal.

Martin und ich hatten uns mit viel Vorfreude Kostüme für den Medizinerfasching gebastelt. Er machte als spanischer Grande eine sehr gute Figur, und ich verwandelte mich in eine kleine Teufelin, die Spaß daran hatte, jeden, der in ihre Nähe kam, zu necken. Seltsamerweise konnte ich nämlich auf einem Kostümfest so in meine Rolle hineinschlüpfen, dass die noch immer latent vorhandene Schüchternheit völlig überspielt wurde.

Ein älterer Professor der Genetik ließ sich denn auch gern von meinen kleinen Neckereien becircen, und Martin musste mich auf seine

Bitten hin immer wieder zum Tanzen an ihn ausleihen. Als Vergütung für das Trennungsopfer erhielten wir jedes Mal ein Gläschen Sekt und ich die blumigsten Komplimente meines Lebens.

Wenn wir erneuten Durst verspürten, animierte mich Martin, »anschaffen zu gehen«, das hieß, den Professor zum Tanzen aufzufordern. Langsam entwickelte sich so etwas wie eine abgewandelte »Ménage à trois«, und wir hatten gemeinsam viel Spaß.

Als das Fest seinem Ende zuging, lud uns der Professor in sein nahe gelegenes Büro ein, um noch eine letzte Flasche Sekt zu spendieren, weil er, wie er beteuerte, so viel Spaß an uns jungen Leuten hätte.

Leider entwickelte sich das Gespräch für mich überhaupt nicht mehr spaßig, denn der Professor hatte erfahren, dass Martin aus einer bekannten Wissenschaftlerfamilie stammte. Es wurden unzählige Namen erwähnt, bei denen es nur so von Professor- und Doktortiteln wimmelte. Die beiden vertieften sich in Karrieregeschichten, wer wo und wann an welchem Institut oder welcher Universität gearbeitet habe, fanden gemeinsame Bekannte und diskutierten ausgiebig über die Clans der »wissenschaftlichen Elite«.

Zunächst tröstete ich mich mit dem Sekt darüber hinweg, dass ich so gar nichts an Berühmtheiten aufzubieten hatte.

Gerade das war aber ein entscheidender Fehler, denn der Alkohol ließ meine teuflische Hochstimmung zu einem Häufchen Elend zusammensacken.

Was war schon ein Zahnarzt in einem Provinzstädtchen gegen dieses Aufgebot?! (Erst viel später habe ich gelernt, dass der Titel einer Berühmtheit auch keine Garantie für einen bewundernswerten Menschen darstellt, und meinem Vater reuevolle Abbitte geleistet.)

Ich konnte einfach nicht mitreden und ertränkte meine Minderwertigkeitsgefühle weiterhin mit etlichen Gläsern Sekt. Es half nichts, ich wurde immer unglücklicher, und die Tränen waren nicht mehr zu stoppen.

Dank des Alkoholpegels wuchs sich mein Unglück zu einem echten Weinkrampf aus. Martin und der Professor wirkten betreten, versuchten zu beschwichtigen, aber alles wurde nur noch hoffnungsloser für mich.

Schleunigst machten wir uns auf den Weg nach Hause. Die Verzweiflung blieb, und die Tränen liefen weiter.

Vor der Haustür meiner Unterkunft brach die nächste Katastrophe über mich herein: Der Haustürschlüssel, den Martin hatte einstecken wollen, war nicht aufzufinden!

Die Wirtsleute mitten in der Nacht herauszuklingeln wäre ganz unmöglich gewesen. Martin überzeugte mich deshalb, dass die einzige Möglichkeit darin bestehe, die Nacht in seinem Zimmer zu verbringen.

Wie anders wäre wohl diese Nacht verlaufen, wenn das Aufgebot der Berühmtheiten nicht dazwischengefunkt hätte!

So war der tränenüberströmte Trauerkloß, der zwischen Wut, Enttäuschung und Argwohn (hatte Martin den Schlüssel absichtlich verloren?) hin und her pendelte, auch nicht von Zärtlichkeiten zu erreichen.

Obwohl Martin sich sicher große Mühe gab, mein seelisches Gleichgewicht wieder ins Lot zu bringen, war ich in meinem Unglück so gefangen, dass ein Gedanke an etwas anderes, etwa Sex, völlig absurd gewesen wäre.

Das sah auch Martin wohl nach einer gewissen Zeit ein, und so verbrachten wir die erste gemeinsame Nacht im gleichen Bett, meinerseits heulend und er vermutlich mit verständlichem Groll.

Als meine Wirtsleute am nächsten Morgen der Person mit dem verquollenen, übernächtigten Gesicht die Tür öffneten, wussten sie wahrscheinlich sofort, dass ich die Nacht nicht in meinem Zimmer verbracht hatte, obwohl ich vorgab, ich hätte mich bei einem Spaziergang ausgeschlossen.

Da sie aufgrund ihrer moralischen Vorstellungen so etwas nicht dulden konnten, erhielt ich noch in derselben Woche die Kündigung der Unterkunft.

Der Schlüssel lag tatsächlich noch im Zimmer auf dem Tisch, und mein Argwohn bekam neue Nahrung.

Konnte ich Martin wirklich vertrauen, wenn er mich auf diese Weise austrickste?

War nicht Vertrauen der allerwichtigste Punkt bei einer Zweisamkeit?

War es wirklich Liebe gewesen, was ich für Martin empfunden hatte, oder wieder nur die altbekannte Hexerei der Botenstoffe?

Natürlich schämte ich mich für meinen Ausraster und konnte verstehen, dass Martin mich am nächsten Tag sehr distanziert behandelte. Vielleicht hätte ein gemeinsames Lachen über den Vorfall und seine Folgen die Stimmung wieder aufgehellt, aber offensichtlich hatte sich ein Stachel so tief in unser beider Bewusstsein gebohrt, dass wir uns sehr kühl in die Winterferien verabschiedeten.

Als ich am Ende der Ferien wieder in Tübingen eintraf, eröffnete Martin mir, dass er eine neue Liebe gefunden habe. Mit uns beiden habe es ja wohl doch nicht so geklappt.

Dieses kühle Fazit löste bei mir zunächst eine Riesenwelle der Empörung, Kränkung und Verzweiflung aus, bis ich einsah, dass ich ja nicht ganz unschuldig an der Entwicklung gewesen war.

Trotzdem war es bitter, dass »der Blick in die gleiche Richtung« so schnell auf ein anderes Ziel gelenkt werden konnte.

Ich versuchte es ihm gleichzutun, war aber durch die Ereignisse so mutlos geworden, dass die nächsten Versuche kläglich scheiterten und ich mich in ein Schneckenhaus der Selbstbemitleidung zurückzog.

Ein Gutes hatte die Entwicklung aber dennoch: Ich wurde eine sehr fleißige Studentin, und Herr Dr. G. hätte keine Gelegenheit mehr gehabt, mir ein Testat zu verweigern.

Im nächsten Semester wechselte ich die Universität und wir sahen uns nie wieder.

Landschaften

Hatte meine Großmutter einst von dem »weiten Feld« der Liebe gesprochen, so sah ich in dem Zusammenhang in meiner Fantasie immer ein sonnengereiftes großes Kornfeld vor mir, dessen Halme sich im Sommerwind wiegten, mit rotem Mohn und blauen Kornblumen geschmückt, so unendlich weit bis an den Horizont ausgedehnt, dass man kein Ende absehen konnte. Dieser Anblick strahlte eine Ruhe und Geborgenheit aus, die als wahres Glück empfunden wurde.

Was ich jedoch in den folgenden Jahren gefühlsmäßig durchlebte, glich mehr einer Hochgebirgslandschaft mit schroffen Klippen, felsigen Abhängen und tiefen Schluchten. Berauschende Ausblicke von hohen Gipfeln wechselten mit Verirrungen in dunklen Tälern. Mehr als einmal kam es zu Stürzen und schweren Verletzungen.

Es war eine lange und erkenntnisreiche Wanderung, bis ich die Ebene erreichte, auf der das Kornfeld der Fantasie wachsen konnte.

Immer wieder musste ich mich bei dieser Suche fragen, ob ich dem Wesen der »Liebe«, so wie ich es mir gefühlsmäßig vorstellte, nahe war. Ich musste erkennen, dass die »Liebe« sich nicht in Worte fassen lässt.

Noch immer frage ich mich verwundert, welchen geheimen Mächten ich auf meiner Wanderung unbewusst gefolgt bin. Zweifellos – da muss ich der Wissenschaft recht geben – ist der Wunsch, den man in der Natur überall entdecken kann, Nachkommen zu zeugen, die erste treibende Kraft auf dem schwierigen Weg; aber wie schon in Jugendjahren vermutet, lässt sich nicht nur mit dem Wirken der Hormone und Transmitter erklären, was eine lebenslange Zweisamkeit und Zuneigung bewirkt.

Auch die einst von Pia und mir in Aussicht gestellte Opferbereitschaft wurde nicht auf die Probe gestellt: Weder musste ich meine Gefühle durch einen Gefängnisaufenthalt beweisen noch mich vom

10-Meter-Turm ins Wasser stürzen, und auch die Filzpantoffeln blieben mir zum Glück erspart.

Nachdem ich mein Staatsexamen in Medizin abgelegt hatte, war auch mein Vater damit einverstanden, dass ich mit dem jungen Mann, den ich bereits seit vier Jahren kannte, vor den Traualtar treten würde.

Mein Vater hatte darauf bestanden, dass ich vor der Hochzeit auf jeden Fall die Ausbildung abschließen müsse. (Eine Zuwiderhandlung hätte großen Ärger heraufbeschworen, und ich war wie meistens eine folgsame Tochter.)

Der Standesbeamte war ein Freund meines Vaters und meinte wohl, uns auf harte Zeiten vorbereiten zu müssen, denn er sprach hauptsächlich von Unwettern und Stürmen, die eine Ehe so häufig überstehen müsse, und malte die Zukunft in recht düsteren Farben.

Als es meinem Vater mit der pessimistischen Schilderung zu bunt wurde, schnitt er seinem Freund das Wort ab und mahnte ihn, zu einem Ende zu kommen, denn die Parkuhr draußen vor dem Standesamt würde sonst ablaufen.

Ich war mir nicht sicher: War da wieder die preußische Sparsamkeit im Spiel oder wollte er uns nur nicht aller Illusionen beraubt sehen?

Da der Standesbeamte mit Nachnamen »Troschke« hieß, nannten wir daraufhin die Tage, an denen wir uns heftig stritten (denn natürlich gab es die immer wieder mal), »Troschke-Tage«.

Erfreulicherweise haben sich die »Troschke'schen« Prophezeiungen in der langen, mittlerweile 50-jährigen Ehe nicht erfüllt. Der »Blick in die gleiche Richtung« – wie Saint-Exupéry ihn beschrieb – war niemals gefährdet, und wir haben gelernt, allen Schwierigkeiten mit Toleranz und Humor zu begegnen. Am allerwichtigsten, meine ich, waren aber die »Bienen«, deren Wirken ich als kleines Mädchen vor sehr langer Zeit in einem dunklen Kinosaal kennengelernt hatte und die uns auf dem langen Weg begleitet haben.

Ich hoffe, sie fliegen niemals davon.